刘再复 悟 读

红楼夢

贾宝玉论

刘再复 著

上海三联书店

此书祭给：

    我时时缅怀的心灵导师

    聂绀弩的伟大亡灵

刘再复

二〇一三年五月一日

美国落基山下

目录

附录

总序

"他飞我不飞，我飞自有格"，这是我的写作秘密，也是我的内心绝对命令。我自幼喜欢《红楼梦》，也不知读了多少遍，但是出国前我对《红楼梦》不写专著，不专门写什么文章，因为那个时候阅读研究《红楼梦》的人很多，我说不出什么新话，所以就不说了，这就是"他飞我不飞"。出国之后，关于《红楼梦》，我的思想飞翔了，但我知道《红楼梦》阅读要走自己的路，即要自己独创的方法，所以我就利用海外的自由条件说出自己的红学语言。国内的朋友对《红楼梦》皆是考证和论证，我不走他们的路，而走"悟证"的道路，这就是"我飞自有格"吧。

所谓"悟证"，就是禅宗的方式，佛教大师慧能说："迷即众，悟即佛。"悟，其实就是直觉的方法，明心见性的方法，不借逻辑和思辨而抵达真理的方法。我一直认为，没有佛教的东传，就没有《红楼梦》。《红楼梦》本身就是一部大悟书，它佛光四射、禅意盎然，唯有"悟"能把握其核心命脉。我一再说，文学包括三个要素：心灵、想象力、审美形式。每一要素唯有靠悟才能获得，例如，贾宝玉的心灵内涵靠考证和论证都很难抵达，唯有靠悟证才能把握。

我已七十九岁，明年就八十了，最近又跌伤，手指骨断裂，所以往往力不从心。值得欣慰的是，我的《红楼梦》讲述赢得许多知音。上海三联书店和北京微言文化传媒有限公司的周青丰先生就是，他们决定出版我的"红楼五书"就是知音之举，我当然心存感激，有许多话要说，但也只能意长言短，说到此为止。

刘再复

2020年冬

上篇：心灵与婴儿宇宙

用佛家文化视角看宝玉

一

1986年3月，我敬爱的忘年之交，也是许多人所热爱的作家聂绀弩去世之前，他生病并发烧到三十九度。家人要送他上医院，他却死死地抓住小床的栏杆，怎样也不肯走。他的夫人周颖老太太急了，求我帮助，说："你去劝劝，也许说得动他。"我立即跑到他的寓所。那时聂老很平静地对我说了一句让我终生难忘的话。他说："只要让我把《贾宝玉论》这篇文章写出来，你们把我送到哪里都可以，怎么处置都行，送到阎王殿也可以。"说完，仍然紧紧抓住小床。他去世后我写了五篇悼念文章，第一篇题为《最后一缕丝》，写的就是这个瞬间的事。我知道他就像一只春蚕，

《贾宝玉论》是他的最后一缕丝，不吐出来就死不瞑目。他的吐丝，没有任何功利目的，只是生命的需求。什么苦难都经历了，此时他什么也不在乎，只在乎吐出最后一缕丝。这是他自发的、自然的、基于天性的最后心愿。如果说他也有"非吐不可"的意识，那就是他明白这缕丝在他的情感深处已酝酿得很久了，那是与他的血脉、心灵、思想以及整个生命息息相通、紧紧相连的一缕丝。

二十六年前他带着这个"未完成"的遗憾到另一个世界。而我在这二十六年中，尤其是到了海外，每次缅怀他的时候，总是想起他最后亲口告诉我的心愿。我觉得自己有责任完成聂老的"未完成"，以报答他对我的忘年之爱与关怀，唯其如此才能不辜负他的期待，所以一定要写下一篇《贾宝玉论》。尽管我在"红楼四书"（《红楼梦悟》《共悟红楼》《红楼人三十种解读》《红楼哲学笔记》）中已有许多关于贾宝玉的论述，但是，想说的话还远远没有说完，聂老留下的这个题目所蕴含的巨大精神内涵还需要进一步阐明。

二

凡是阅读过《红楼梦》的人都会叩问一个问题：贾宝玉是谁？他是物（石→玉）还是人？是人还是神？或是半

神半人？先不说读者、评论者给他的界定和命名，仅《红楼梦》小说里的人物，就给他许多种评论。在父亲贾政眼里，他是个"不肖的孽障"；在母亲王夫人眼里，他是个永远的"孩子"；在警幻仙姑眼里，他是个"天下第一淫人"；在众人眼里，他是个"呆子"；在探春眼里，他是个"卤人"；在宝钗眼里，他是个"富贵闲人"；在皇帝眼里，他是个"文妙真人"；在妙玉眼里，他应是和自己一样的"槛外人"；在林黛玉眼里，他大约是个"知音人""知心人"。各种界定与命名都不是胡编胡言，即都说出了贾宝玉的部分性情和人格特征，我在《红楼人三十种解读》里说他是曹雪芹人格的理想化，是作者的第一"梦中人"，没有错。我还把他放在"痴人""玉人""真人""槛外人"里阐释，也并非杜撰。贾宝玉的形象内涵太丰富，可以用多种角度甚至可以用密集的角度来观照他、解说他。过去说一千个读者心目中有一千个哈姆雷特，今天我们也可以说，有一千个读者，就有一千个贾宝玉。这说明，贾宝玉这个形象不同凡响，意蕴非常，更说明，这个人物形象具有多重甚至千百重暗示，不可本质化地用某个概念来规定他。聂绀弩临终之前之所以念念不忘《贾宝玉论》，也一定是有满腹心事与评说想向读者倾诉。

因为贾宝玉的内涵太深广，所以必须用多种视角观照才能看清看明。我选择的是释、道、儒三个文化视角，并用上、中、下三篇阐释 "释之宝玉""道之宝玉""儒之宝玉"。从儒的视角上看，宝玉是拒绝表层儒（君臣秩序）而服膺深层儒（亲情）的 "赤子"；从道的视角上说，他是不为物役也不役物，逍遥自在的 "真人"；从释的视角上说，尽管内涵无比丰富，却可以用一个字表述，这就是 "心"字。今天我们就讲"释之宝玉"。从这一角度看，"贾宝玉是谁？""贾宝玉是什么？"对于这个问题，我将断然回答：贾宝玉是一颗心。贾宝玉是人类文学史上最纯粹的一颗心。这一回答不避贾宝玉这颗心灵的丰富性和复杂性，但侧重阐释它的纯粹性。在拙作《红楼梦悟》中，我曾说贾宝玉的眼睛是创世纪第一个黎明出现的眼睛，现在我还可以说，贾宝玉的心灵是创世纪第一个黎明出现的心灵。因为诞生于第一个黎明，所以它永远清新，没有尘土的污染，即使日后被污染了，它也会征服污染。

我还从哲学上说《红楼梦》是王阳明之后中国最伟大的一部心学，但它不是《传习录》似的思辨性心学，而是意象性、形象性的心学。而呈现大心学内涵的主要意象便是贾宝玉。王阳明把儒学内化和彻底化成单一的心学，认定心外无物，心外无天。"心者，性者，天者，一也"（《传习录》语），一以贯之的是心灵一元论，《红楼梦》也是如此一以贯之。我所以不薄高鹗的续书，就因为他保留了曹雪芹原作的心灵一元论，在小说的结尾部分，仍然把心灵视为人生最后的实在而以"心本体"的哲学落幕，保留了《红楼梦》的形而上品格。在一百一十七回中，挂在他胸前的"玉"再次丢失，当宝钗与袭人慌张寻找时，他说了一句石破天惊之语："我已经有了心了，要那玉何用！"这是一句"重如泰山"的话，是贾宝玉到地球一回并即将离家出走时说的话。这是他对人生的一次总结。其结论是说，世界的根本，人生的根本，是"心"而不是"玉"，即不是"物"，哪怕是至贵至坚的物。曹雪芹的哲学本是源自释家的心灵本体论，高鹗没有丢掉这个"心本体"，很了不起。

中国大文化史上，可说有三次"心学"高潮，第一次是唐代慧能（《六祖坛经》）以宗教形式出现的自性心学，第二次是明代的王阳明（《传习录》）以哲学方式呈现的良知心学；第三次便是清代曹雪芹以文学形式展示的诗意心学。《红楼梦》中直接引证慧能的"本来无一物，何处染尘埃"之语，并开辟说禅悟道的专章（第二十二回：听曲文宝玉悟禅机　制灯谜贾政悲谶语），但没有涉及王阳明，这大约是王阳明在《传习录》中声明自己与"明心见性"的禅学不同（参见《传习录·答顾东桥书》），而且仍然以"修身、齐家、治国、平天下"为"致良知"的目的，这显然是贾宝玉不能接受的。因为贾宝玉的心灵完全超越家国内涵、历史内涵，乃属天地之心、宇宙之心。从俗谛上说，贾宝玉是贵族府第中的"富贵婴儿"，是贵族公子中的赤子；而从真谛上说，他则是超越父母府第的宇宙婴儿，他本是灵河岸三生石畔的"神瑛侍者"，通灵来到人间，心灵仍然是包容天、地、人。所以我说贾宝玉之心乃是无限广阔、没有边界的"婴儿宇宙"。"婴儿宇宙"这一概念借用的是吴忠超先生所译英国物理学家霍金的物理学语言。吴先生的中译本书名为《黑洞、婴儿宇宙及其他》。讲的是大宇宙所派生的另一宇宙。我一直把心灵视为和外宇宙并存的"内宇宙"，它同样没有时空的边界。贾宝玉这个"人"所拥有的这颗"心"，其第一特征，恰恰是它的无限包容性。它天人无分，物我无分，内外无分。它爱一切人，宽恕一切人，接纳一切人。在他的心目中，既没有敌人，也没有坏人。照说，那些常要加害于他的人，如赵姨娘、贾环应是他的敌人，但他却从不说赵姨娘一句坏话。贾环把滚烫的油灯推向他，企图烧毁他的眼睛，虽没有毁坏眼睛，却烫伤了脸，但他立即制止愤怒的母亲王夫人去报告贾母，为弟弟承担罪责。连企图烧伤自己眼睛的人都能原谅，还有什么不能原谅的呢？这与基督原谅把钉子钉在自己的手上的行为相似，也与释迦牟尼原谅曾砍掉自己手臂的歌利王的行为相似，均带有"神性""佛性"，所以我说贾宝玉是个准基督准释迦。

在拙著"红楼四书"中，我猜想释迦牟尼出家之前的状况大约如贾宝玉（生活在荣华富贵之中但心灵已超越荣华富贵），而贾宝玉出家之后应是追寻释迦牟尼，也许就是另一位释迦牟尼。王国维在《人间词话》中高度评价李煜（李后主）的词，说他有"基督、释迦担荷人间罪恶"的情怀，这一句话用于贾宝玉也很恰当。

贾宝玉的心，近乎释迦牟尼之心。说到底是一颗大慈悲之心。这种大慈悲处处表现在生活的细节上（如自己被雨淋，还只顾关心他人在雨中；玉钏儿不小心把滚烫的荷叶汤洒到他手上，他却忙着问玉钏儿烫了哪里，痛不痛），但更重要的是始终守持一种无分别心，也就是没有等级分别、门第分别、尊卑分别、高低分别的情怀。他的前世是"神瑛侍者"，今世还是神瑛侍者。他所侍（服务）的对象不仅是林黛玉等贵族少女，也包括晴雯、鸳鸯等所谓"奴婢""丫鬟"以及平儿、香菱等下等小妾。因为，贾宝玉的心中根本就没有奴婢、丫鬟、小妾等这些世俗概念。在他心目中，晴雯就是晴雯，鸳鸯就是鸳鸯。他一直保留着一个本真的自己，也用本真的眼睛本真的心灵看到他人真实的存在，即不是看到被概念所歪曲的面目（"奴才""奴婢"等）。他对晴雯、鸳鸯等非常殷勤，却无非分之想，只是极为尊重。所以他常颠倒世俗世界的位置，忘记自己的贵族主人（贵族公子）身份，反做侍者的侍者。他不把"奴婢"看轻，也不把"皇妃"等皇亲国戚看重。

他的身为皇妃的亲姐姐贾元春返家省亲，整个贾府天摇地动，诚惶诚恐，唯独他若无其事，还是怀着一颗"平常心"和姐妹们厮混，口口声声叫宝钗"姐姐"，难怪宝钗要教训他：谁是你姐姐，那上头穿黄袍的才是你姐姐！（第十七至十八回）在宝玉的心目中，元春就是元春，亲姐姐就是亲姐姐，他没有"皇妃""帝王家"等概念。贾宝玉的心未被世俗的概念所遮蔽，也就未被世俗世界的等级观念、门第观念所遮蔽，因此，也就保持原有的本真之心，毫无势利之心，也正是最美最纯的心灵。

贾宝玉看他人能看到他们本来的样子，其原因是他自己首先成为自己，自己守持本真的自己。如果他已非自己而成为功利中人、概念中人，他就一定会带上势利的眼睛看他人，把人分为三六九等。但贾宝玉从天上（三生石畔）下来，却一直保留着一双"天眼"也可称"佛眼"。所谓天眼，包括两重意思：一是大观的宇宙眼睛；一是天真之眼。他的天真的眼睛没有杂质，没有遮蔽，所以能排除世俗的多种偏见，真实地看人，真诚地待人，平实地做人。他贵为公子，身为宠儿，但始终保持一颗平常心，其所以有这种平常心，就因为他有一颗无分别之心。禅宗讲"不二法门"，意义极为丰富，它包括慧定不二、天人不二、物我不二、内外不二等，但从心地上说，则是尊卑不二的平等。而这一法门，贾宝玉体现得最为彻底。

应当强调的是，宝玉的"不二"之心，并非理念，而是性情。也就是说，他根本就不知道什么"不二法门"，也不知道自己的所作所为是释迦之念、基督之行。他的无分别心，乃是天性，乃是自发性、无意识性。换句话说，他的一切言行，全出自他的本心，他的心灵深处，他的天生所具有的佛性。所有的表现，都是自然的，不是人为的；即一切都是源于"心"，而不是来自"脑"。正因为如此，所以他在"变易"中总是被一种"不易"贯穿着。例如他对人的信赖，对"美"（少女）的崇尚，对"真"（诚实）的守持，就"不易"到底。头脑想出来设计出来的东西会变易，但心灵深处流出来的东西不会变。一个人如果刻意做好事，或意识到自己在做好事，那就不是真做好事，而贾宝玉做了许多好事，却不知自己在做好事。他甚至不知道自己的"天真"，如果他意识到自己在"天真"，也就不是真的"天真"了。这种自发与无意识，便是心灵。王阳明在《传习录》中曾给"良知"下过定义，他说："不虑而知，不学而能，所谓良知也。"（孟子曾表述过的思想）贾宝玉的这颗心灵，也是不虑而知，不学而能，无求而自得，无师而自通，所以它不是表现于一时一事，而是贯穿整个人生。如果用孔夫子"一以贯之"的语言来表述，那就是宝玉天生的一颗至真至善之心，一以贯之，从诞生一直贯彻到出走之际。

贾宝玉的言论与行为，均出自本心本性，但我们却可以从哲学的高度上看到他的心灵乃是一元的心灵。这颗心没有二元对立，没有"你死我活"的综合。这正是禅宗的不二法门。佛的不二情怀，可由近及远，不断推演，以致物我无分，天人无分，甚至可以打破人与动物的界限，把慈悲推向大自然，推向大至狮虎小至蚂蚁的生命，以致可以舍身喂虎。而在近处则不分尊者贱者，承认身为下贱但可心比天高，地位不同，但人格完全平等。拥有不二法门的大智慧才有大慈悲。贾宝玉的无分别心，正是佛教不二法门的极端生命呈现，因此，他的无分别心，也正是佛心。与宝玉相比，身处尼姑庵里的妙玉，本应最具佛心，但她却留有明显的分别之心。贾母到她那里做客喝茶，她竭力奉迎，找最好的茶来款待；而刘姥姥到她那里，她却非常冷淡，给一杯茶喝，人走后她就把杯子扔掉，嫌刘姥姥用过的茶具脏。这种分别说明她的心仍然远离佛心，也说明她虽聪慧过人，但其心灵远不如宝玉的至善，更不及宝玉的大慈大悲。从哲学上说，她的血脉中还横贯着二元对立，没有"佛"的不二情怀。

贾宝玉的悲天悯人，没有世俗缘由（功利原因），也没有特定对象。它的大慈悲，乃是无缘无故的慈悲，无边无际的慈悲。佛家称这种无对象（爱一切人的无量对象）、无目的（无功利目的的无量之爱）、无原因（无动机的无量关怀）为"无缘慈悲"，这乃是慈悲的最高境。"无缘慈悲"这一概念是前两年我读了甘肃省天祝藏族自治县天堂寺第六世朵什活佛多识仁波切的著作《藏传佛教常识300题》(甘肃民族出版社，2007年)获得的。他在此书第59题中说：

> 菩萨的慈悲是无缘慈悲（没有一定的对象、原因），菩萨的智慧是无相智慧。
>
> 人的慈悲是有对象的，爱子女，爱亲人，恨仇人，都有一定的对象，都有一定的原因。平常说"没有无缘无故的爱，没有无缘无故的恨"。
>
> 佛家讲的就是无缘慈悲，不讲原因，这是三种慈悲中的最高慈悲，没有局限性。
>
> 有缘就是有局限性，把人分成好的、坏的、亲的、远的，这就有缘了，有界限了。

贾宝玉的慈悲属于无目的、无动机、无对象也因此而无界限、无局限的"无缘慈悲"，无故慈悲。因此，宝玉这颗心可称为慈无量心、悲无量心、爱无量心。心在慈悲最高境界。

三

贾宝玉这种无分别的纯一之心，形成他在世俗世界中十分罕见的心灵状态，也可以说是心地特征。这些状态与特征，因为太稀有，所以让人觉得"怪异"。然而，正是不同寻常，他才"独一无二"于人类文学之林。这些特异心灵状态，如果逐一说来，恐怕太繁琐，这里只说他对任何人的绝对信赖，绝对不猜忌，绝对不设防。从而容纳一切人，心灵向一切人开放。

宝玉不仅没有敌人，而且没有坏人，更为特别的是没有"假人"。他是一个真人，也以为他者他人都是真人；他是诚实人，也认定他者都是诚实人，也都像他那样，永远讲不出假话。他通灵之后来到地球，就对地球充满信赖，而且这种信赖带有绝对性，一点也不怀疑，一点也不掺假。贾府上下各种人都知道他这一性格，所以常常把他视为呆子。贾宝玉对人类的信赖一直保持着，这就是庄子所说的"浑沌"。他永远保持着这种混沌，从不会因为遇到什么挫折而开窍。袭人知道他的混沌，就利用他的这一"混沌"哄他开导他。袭人知道宝玉心里也有她，离不开她的朝夕照顾，就吓唬他要"出去"即要离开贾府了，宝玉立即信以为真，急得"泪痕满面"，央求袭人留下。袭人此时才对宝玉"约法三章"："我另说出两三件事来，你果然依了我，就是你真心留我了。"宝玉立即笑而表态："你说，那几件？我都依你。好姐姐，好亲姐姐，别说两三件，就是两三百件，我也依。"这之后袭人便郑重向他提出要求"改坏毛病""好好读书""不可毁僧谤道，调脂弄粉"等三个要求（第十九回）。袭人为了"开导"宝玉，编造吃酥酪肚子疼的故事，编造了两姨妹要出嫁的故事，编造了他妈和哥哥要赎她"出去"的故事，宝玉样样信以为真。他不会想到人会瞎编故事，更不会想到与他朝夕相处的袭人会瞎编故事，会有这等小小的心机心术，所以袭人一"哄"他就上当，不仅要答应袭人的三个条件，而且就是两三百件也肯答应。这里，我们看到宝玉对袭人的绝对信赖。可贵的是，这种信赖不仅及于袭人一人，而且及于所有人，就连从老远的乡下前来认亲的贫穷老太婆刘姥姥信口开河说的话和瞎编的故事，他也不懂得问个"真的吗？"，也是"信以为真"，一信到底，所以才有第三十九回"村姥姥是信口开河，情哥哥偏寻根究底"的另一番故事。刘姥姥杜撰的是她所居村庄去年冬天下大雪后突然冒出一个"十七八岁的极标致的小姑娘，梳着溜油光的头，穿着大红袄儿，白绫裙子"的冬天童话。刚开个头，就被贾母身边的丫鬟们打断了，谁也不信刘姥姥的胡扯。可是贾母和其他人一走，宝玉却拉住刘姥姥，细问那女孩是谁。刘姥姥只好再继续胡编下去，说这个女孩叫作茗玉，生到十七岁便一病就死了。宝玉听了，顿足叹惜，又问后来怎么样？刘姥姥又编出女孩父亲因思念而盖了个祠堂，并塑了茗玉小姐的像，用香火供着，但因"日久年深的，人也没了，庙也烂了，那个像就成了精"。尽管刘姥姥愈编愈离谱，但宝玉还是句句听，句句信，深信不疑并决定第二天就去拜访祠堂，准备重新修庙，再装小姐塑像，还要给刘姥姥一些代为烧香的钱。最后贾宝玉又问清地点村名、来往远近、坐落何方，刘姥姥便顺口胡诌出来。贾宝玉把刘姥姥的胡诌当作真情，第二天便让茗烟按着刘姥姥说的方向去找，从一早到日落，找了一整天，才在东北角田埂子找到一座破庙。茗烟进去看了拍手道："那里有什么女孩儿，竟是一位青脸红发的瘟神爷。"（第三十九回）可是宝玉还想改日再找。贾宝玉自己从不撒谎、胡诌、瞎编，也深信别人不会撒谎、胡诌、瞎编。他相信一切人，信赖一切人，一个死心眼信到底。脂砚斋在批语中透露全书最后的"情榜"，贾宝玉的考语是"情不情"，意思是说他对一切无情人无情物也报以人间情感。借用这一语言方式，我们还可以补充说，贾宝玉不仅"情不情"，而且"真不真"，"善不善"，"佛不佛"。即以真诚的态度对待一切不真之言和一切不真之人，以善良的态度对待一切不善之语和一切不善之人，总之是以"佛"的态度对待非佛不佛的万物万相。

宝玉的心地如此敞亮，因此心胸便向一切人敞开。他信赖一切人，也能容纳一切人。他不仅能容纳奴婢、戏子、丫鬟，而且能容纳被视为异类的社会槛外人、局外人，例如柳湘莲、蒋玉菡等人甚至连妓女云儿，他也可以坦然与之饮酒喝茶而无任何邪念邪行（第二十八回宝玉和薛蟠、冯紫英、蒋玉菡、云儿的饮喝游戏情节）。妓女是最没有地位的社会弃儿，供人玩弄的下等尤物。但贾宝玉仍然把妓女视为"人"，而不视为玩物。宝玉对待任何人，都有一种善良到极点的态度，这种态度是与曹操那种"宁可负天下人，不能让天下人负我"相反的立身态度。贾宝玉没有"负我""负他"这套理念，但他所有的行为语言都表现出这样一种做人的心灵准则，这就是重要的并非"他人如何对待我"，而是"我如何对待他人"。他人欺负我、欺骗我、损害我、负我，那是他人的事；而不欺负他人、不欺骗他人、不损害他人、不负他人，这是我的事，是我应有的品格。贾政把他往死里打，打得伤筋动骨，打得个个心痛，可是宝玉自始至终没有对父亲说过一句怨言，也不在别人面前诉父亲的苦，他照样像以前那样对待父亲。因为在宝玉的心底里，父亲打他，打得太过头，这是父亲的事，而我如何对待父亲，则是我的事，我的品格。孝敬父亲，是我的心灵原则，我不会因父亲的痛打而改变这一原则。

贾宝玉这种不计较他人如何对待我、只重我应如何对待他人的品格，便是至善。《大学》所倡导的道德品质是"止于至善"。贾宝玉正是至善的生命极品。这种极品宣示的是宁可让天下人负我，但我绝对不负天下人。这里我想穿插说几句关于我自己的话。二十年前我离开祖国的时候，在北美寂寞的岁月中，曾经在阅读《红楼梦》时受到极大的启迪。这一启迪就是对待自己的祖国也应像贾宝玉对待父亲那样，不管祖国如何对待我，我都应当永远敬爱祖国、热爱祖国。因为祖国如何对待我，那是祖国的事，而如何对待祖国，则是我的事，我的品格。我曾在老舍的《茶馆》和白桦的《苦恋》里听到剧中人埋怨"我爱祖国但祖国不爱我"的感慨。但贾宝玉的立身态度启迪我，不应有这样的埋怨与感慨。因为爱不爱我，这是祖国的事；而爱祖国，则是我永远不可改变的心灵原则，当然也是我永远不可改变的道德原则。用贾宝玉式的心灵对待祖国，就是要用绝对真和绝对善的原则对待祖国。

宝玉以绝对真与绝对善对待他人（包括对待亲人）就因为他的心灵纯粹，世俗的各种灰尘都无法进入、污染这颗心灵。常说"处污泥而不染"，宝玉就是一个典范，宝玉说男人是"泥作的"（少女是"水作的"），男人是泥浊世界的主体，他们总是被"权力""财富""功名"三大污泥所腐蚀，但宝玉身在又富又贵的权势之家，却蔑视权势与钱势，更不追逐功名。所以在他身上，我们看不到世俗人常有的生命机能，如嫉妒机能、算计机能、贪婪机能、仇恨机能、猜忌机能、报复机能等等，这种生命特殊性，便是佛性、神性。

宝玉的心灵特性是自然形成的，他并不知道自己身上有这种特性，也不要求他人拥有这种性情。他人会嫉妒、会算计、会贪婪、会猜忌、会报复、会仇恨，他也从不去嘲笑、去干预、去论争、去攻击。他充分尊重别人的个性，包括尊重别人的"偷情觅爱"。在第十五回里，宝玉和朋友秦钟随王熙凤到铁槛寺，之后又随凤姐到水月庵。其时庵中的老尼陪着凤姐，小尼智能儿则与秦钟调情。宝玉看在眼里，绝不干预他们的私事。天黑后，满屋漆黑，秦钟和智能儿相抱在炕，被宝玉撞上，宝玉也止于逗笑。秦钟深知宝玉的为人，反而调唆宝玉求凤姐在水月庵多住一天，好让他与智能儿多幽会些时，宝玉也真的为秦钟央求凤姐，成全秦钟与智能儿的恋情。

四

贾宝玉之心的纯粹与纯正，不仅呈现于对待他人，而且呈现于对待自己。他生有一双通灵的眼睛，这一双眼睛不仅观世界，而且"观自在"（《心经》语），所以他能"自看自明"；所谓自明，乃是自知之明。贾府里的大小权贵，多少人吃喝嫖赌，"颠倒梦想"（《心经》语），但没有一个敢于正视自己的弱点、自己的人性黑暗，唯有干干净净的宝玉，总是把自己界定为"浊物"。他宣称："女儿是水作的骨肉，男人是泥作的骨肉。我见了女儿，我便清爽；见了男子，便觉浊臭逼人。"这种宣言不光是对着别人，也对着自己。他是男子，所以也不例外。他喜欢靠近少女，是因为少女是"清净女儿"，可借助她们以立身于"净土之中"，并非为了满足欲望。

佛教讲"观""止"两大法门，还讲"观"门四念，即"观身不净""观心无常""观受是苦""观法无我"，这四念处是观的起点，前三念是人生观，第四念是宇宙观。而第一观是观自身，这是观门的第一步，也是最难的一步，而贾宝玉恰恰真诚地观看自己，正视自己的"不净"。他第一次见到秦钟时，就"心中似有所失"，这便是他在参照物面前看到自己如"泥猪癞狗"。第七回记载这一瞬间宝玉的心绪：

> 那宝玉自见了秦钟的人品出众，心中似有所失，痴了半日，自己心中又起了呆意，乃自思道："天下竟有这等人物！如今看来，我竟成了泥猪癞狗了。可恨我为什么生在这侯门公府之家，若也生在寒门薄宦之家，早得与他交

结，也不枉生了一世。我虽如此比他尊贵，可知锦绣纱罗，也不过裹了我这根死木头；美酒羊羔，也不过填了我这粪窟泥沟。'富贵'二字，不料遭我荼毒了！"

宝玉自始至终都确认自己为"浊物"。世人知道他带着通灵宝玉来到人间，自然视他为"玉人"，而他则正视自己是"浊人"。高鹗的续书延续了宝玉这种心灵状态。在第一百零九回中，贾宝玉因思念死去的黛玉，痴想黛玉能来入梦，期待落空之后，他自言自语道："或者他已经成仙，所以不肯来见我这种浊人也是有的；不然就是我的性儿太急了，也未可知。"离家出走之前，他与薛宝钗进行一场辩论，论辩中他又说：

古圣贤说过"不失其赤子之心"。那赤子之心有什么好处，不过是无知无识无贪无忌。我们生来已陷溺在贪嗔痴爱中，犹如污泥一般，怎么能跳出这般尘网。……既要讲到人品根柢，谁是到那太初一步地位的！（第一百一十八回）

认定自己是"浊人"，可见他视己为浊物，并非戏言。

这是对自己的一种真诚的认知。对此，我曾做如下评说：

> 一个贵族子弟能看到自身的"粪窟泥沟"，这是很了不起的自省精神。能自看、自省，才能自明。富贵人未必高贵，"人贵自知之明"，能自看自明自知才真高贵。《五灯会元》卷二载有崇慧禅师对僧人解说菩提达摩，说"他家来，大似卖卜汉，见汝不会，为汝锥破卦文，才生吉凶，尽在汝分上，一切自看"。意思是说，达摩从印度来，就像一个占卜大师，只告诉你一条真理：卦文是凶是吉，其实都在你身上，全靠你自看自决。宝玉见了秦钟后如见到一面镜子，接着便是自看，再接着的"自思"之语，便是自己读出的卦文，明晰、诚挚而谦卑。在偌大的贾府中，具有"自看哲学"的，只有宝玉一人。

《红楼哲学笔记》第84则

曹雪芹对自己的一个笔下人物（夏金桂）曾做如此概说，说她"爱自己尊若菩萨，窥他人秽如粪土"，世间这种人其实不少。但宝玉的心灵恰恰与之相反，他视少女若菩萨，视自己如粪土。这不是自贱，而是自明。而宝玉的自明，除了天性之外，还能"自审"。第二十二回，有一句话写了"宝玉闷闷的垂头自审"，这几个字容易被忽略，但它却写出宝玉的一种极为重要的心灵状态，这是贾府上下唯一的精神现象。贾母、贾政从未自审过，即使如林黛玉、薛宝钗等最聪慧的女子也未自审过，能"垂头自审"的只有宝玉一人。

也只有宝玉一个人，能承认自己"落后"，心悦诚服地接受在诗赛中总是"压尾"的评判。海棠诗社成立之后第一次比诗，宝钗被评为第一，黛玉第二，宝玉为最后，评判人李纨对着宝玉道："怡红公子是压尾，你服不服？"宝玉立即回应说："我的那首原不好了，这评的最公。"（第三十七回）贾宝玉从不与人争风头，争面子，更不争第一，天生不争虚荣虚名。自己输了，就为胜利者鼓掌。这之后，宝玉又和姐妹们竞作菊花诗，宝钗写了《忆菊》《画菊》；宝玉写了《访菊》《种菊》；史湘云写了《对菊》《供菊》；黛玉写了《咏菊》《问菊》《菊梦》；探春写了《簪菊》《残菊》。个个都写得好，大家看一首，赞一首，彼此称扬不已。此时李纨笑道："等我从公评来……《咏菊》第一，《问菊》第二，《菊梦》第三，题目新，诗也新，立意更新，恼不得要推潇湘妃子为魁了；然后《簪菊》《对菊》《供菊》《画菊》《忆菊》次之。"这一结果，是黛玉三首夺得一、二、三名，其次才是探春、宝钗、史湘云的诗，而宝玉连"次之"一级都没有沾边，属最后一名。然而他一听完李纨的评说，"喜的拍手叫'极是，极公道'"。（第三十八回）出自内心拍手叫好，为诗人，也为评判者。这种不计排名最后、衷心为胜利者鼓掌（为比自己更强的人鼓掌）的行为，乃是一种极高尚的品格。唯有纯粹之心，才能在此时此刻仍然感到极大的快乐。中国历来多的是"老子天下第一""不服他人第一"的酸楚心态，少的是宝玉这种不争天下第一而为天下第一者叫好的健康心态。这便是心灵之别。

五

因为宝玉的"本质"是一颗"心"，所以他的恋情也是一种不同凡响的心恋。我曾说他与林黛玉的恋情乃是"天国之恋"（不是和薛宝钗的那种世俗之恋）。所谓天国之恋，除了指前世在灵河岸边三生石畔的神瑛侍者与绛珠仙草的天界恋情之外，还有另一层意思是地上的心灵之恋。贾宝玉始终爱着林黛玉，其所爱并非肉体与外形，论容貌，黛玉可能还不如薛宝钗，但是贾宝玉却对林黛玉一往情深，不仅有爱，而且还有"敬"。他一方面是兼爱者，即爱每一个人，尊重每一个人，这就是所谓的"情不情"；但从心灵深处而言，他又是"情情"，即只钟情于一个知己，一个知音人，一个知心人，也只爱一个人，专爱一个人，这个人就是林黛玉。

林黛玉到了贾府，他们第一次见面，林黛玉就感到似曾相见，"何等眼熟"，而贾宝玉则直言无讳地说："这个妹妹我曾见过的。"（第三回）常人听到这话，都会笑宝玉胡言，其实，这是真的，因为他们的心灵早已恋爱过了。天上神瑛侍者与绛珠仙草那段恋情早已积淀在他（她）们的心里，或者说，早已进入他们的潜意识之中。这是一种感性神秘，现在科学还解释不了。从第一次相见开始，贾宝玉和林黛玉就开始相恋，恋了整整一生即恋到死，没有一天停止过。每一个白天与每一个夜晚，他们都在"心心相印""心心相思"，都在发生灵魂的共语与共振。贾府里虽然那么多美丽的少女，包括薛宝钗、史湘云以及丫鬟、戏子这些少女，但是没有一个像林黛玉这样让贾宝玉如此倾心，如此爱慕，如此投入整个心灵。因为只有林黛玉这颗蔑视功名利禄、蔑视仕途经济的心灵和他相通相近，能让他爱恋。薛宝钗雍容雅丽，长得很丰满，宝玉甚至痴想她身上的肉能给林妹妹一点才好，但贾宝玉只把她当作"好姐姐"，甚至也可以当作好妻子，但不能成为"知心人"。贾宝玉始终未把心交给她，也始终未和她真正地相恋过、热恋过。因为贾宝玉这个"人"只有心灵之恋。

贾宝玉和林黛玉的心灵热恋，正是二千多年前希腊大哲学家柏拉图所揭示的"精神之恋"。柏拉图提出这一理念后，我们在现实世界中很少见到实践者。现实生活中具有精神维度的人，也很难做到纯粹的精神恋爱，他们追求的情爱理想必定也是身与心皆可投入的对象。而在人类文学史上，我们也从未看到像贾宝玉和林黛玉这样动人这样迷人又这样真实的精神之恋。这是人类文学史上最纯粹、最精彩并且是具有最深刻的思想内容与心理内容的精神恋爱。尽管宝玉少年时曾与袭人有过一次云雨之情，之后经红学家们考证，也与秦可卿有过肉欲之情，但这种偶然的、短暂的情感表象，都不是恋情与爱情，唯有宝黛这种心与心热烈地相印、相惜、相思，才是真恋情。

因为贾宝玉与林黛玉的情爱"本质"是心灵之恋而非世俗之恋，所以他们在相恋的过程中，一旦使用世俗语言，总是不免要"失语"（即词不达意），因此总是要吵架。只有在使用另一种语言即超世俗的语言时，他们才能心心相契，彼此进入心灵的"狂欢"。这种语言就是禅语、诗语、泪语甚至是"空语""无语"（沉默的无声语）。宝玉写下禅偈说"你证我证，心证意证。是无有证，斯可云证。无可云证，是立足境"，这已经够超俗了，但林黛玉还给他补上"无立足境，是方干净"，这才把他们的精神之恋推向彻底的审美境界（无任何世俗的支撑点）。黛玉因为爱得太甚太切，所以常常多心，此时宝玉会用禅语告诉她：

弱水三千，只取一瓢饮。听了这种心灵恋语，黛玉就会衷心高兴。这种禅语以及诗语的含蓄、高雅、美妙、深邃，只有懂得中国语言和中国文化的人才会拍案叫绝，这是人类文学中绝无仅有的大精彩手笔。宝黛心灵之恋的泪语、诗语较好理解；禅语深些，需不断领悟；而"空语""无语"则是更深邃的情感表述，更难神会，也容易被读者忽略，而这恰恰是曹雪芹描述心灵之恋的绝唱，美极了，深极了，可是没有说出口，没有声音，只是在内心深处的流动与相互碰撞，这正是"无声胜有声"的心语，也恰恰印证了慧能的"不立文字""明心见性"那种最高的情感真实。关于这种心灵之恋的绝妙语言，笔者曾在《红楼梦悟》第143则做过表述：

> 林黛玉与贾宝玉有一节最深的相互爱恋的对话却是无声的。不能开口，一开口就俗。心灵之恋只可用心灵，使用的语言是纯粹心灵性的，精神性的，禅性的，不可立文字，只能以心传心，所以两人都没有说出口，更没有立下文字。这是心灵之恋的"无立足境"，至深的"情"入化为"神"，至深的"色"入化为"空"。这是第二十九回（"享福人福深还祷福　痴情女情重愈斟情"）所表述的一节：

······即如此刻，宝玉的心内想的是："别人不知我的心，还有可恕，难道你就不想我的心里眼里只有你！你不能为我烦恼，反来以这话奚落堵我。可见我心里一时一刻白有你，你竟心里没我。"心里这意思，只是口里说不出来。那林黛玉心里想着："你心里自然有我，虽有'金玉相对'之说，你岂是重这邪说不重我的。我便时常提这'金玉'，你只管了然自若无闻的，方见得是待我重，而毫无此心了。如何我只一提'金玉'的事，你就着急，可知你心里时时有'金玉'，见我一提，你又怕我多心，故意着急，安心哄我。"

看来两个人原本是一个心，但都多生了枝叶，反弄成两个心了。那宝玉心中又想着："我不管怎么样都好，只要你随意，我便立刻因你死了也情愿。你知也罢，不知也罢，只由我的心，可见你方和我近，不和我远。"那林黛玉心里又想着："你只管你，你好我自好，你何必为我而自失。殊不知你失我自失。可见是你不叫我近你，有意叫我远你了。"如此看来，却都是求近之心，反弄成疏远之意。

这段对话既无声，也无言；既无心证，也无意证；完全是超越语言、超越文字、超越逻辑、超越是非判断的心灵交融。宝黛的对话，往往是灵魂的共振，此段心灵的对话，更是灵魂的共振。倘若用"此时无声胜有声"的话语来形容，这种无声的对话，恰恰比许许多多大声表达强百倍。老子说"大音希声"（《道德经》第四十一章），曹雪芹则抵达"大音无声"。心灵中最深刻的对话反而没有声音。

曾有诗人说，灵魂也需要爱情。贾宝玉和林黛玉的心灵不仅一般地"需要爱情"，而且是心灵本身整个地沉浸在爱情之中。柏拉图所说的"精神恋爱"，只是哲学家的思辨，他没想到，两千多年后的东方大文学家曹雪芹，倒是真的创造出一双精神恋爱的诗意形象，从而把精神之恋推上美的巅峰。

六

贾宝玉之心的至真至善至美，固然是天性，但也有一个从自发到自觉的过程。离家出走之前，他说："我已经有了心了，要那玉何用！"这是心意识的高度自觉。在此之前，他虽然处处呈现着心的纯正，但没有这种自觉意识。在第二十二回（听曲文宝玉悟禅机　制灯谜贾政悲谶语）中，黛玉曾笑问道："宝玉，我问你：至贵是'宝'，至坚是'玉'。尔有何贵？尔有何坚？"可是"宝玉竟不能答"。如果此时宝玉已有心意识的自觉，他一定会立即回答说，至贵者是心，至坚者也是心。或者说，如果我有什么贵，什么坚，那不是我胸前的玉，而是我胸中的心。《红楼梦》全书回答的也是这个"林黛玉问题"，其答案也正是说，人间的至贵者、至坚者并非权力、财富与功名，而是那颗至柔但又至真至美至善的心灵。

贾宝玉的前世原是一块女娲补天时被淘汰的石头，通灵之后来到人间。这是首度通灵，由石化为玉又化为人，即为玉人。玉在充满污泥浊水的人间，经历过一番沧桑，有两种发展可能：一是被浊水所同化而变成泥，落入泥浊世界；二是被泪水所净化而再度通灵，也就是二度通灵而提升为"心"。贾宝玉这个"玉"完成了二度通灵，最终有了一个"心至上"的大彻大悟。宝玉进入人间社会之后，开始也被各种欲念所遮蔽，想吃鸳鸯口上的胭脂，羡慕宝钗身上丰满的肉，都是欲望，但是经过林黛玉泪水的洗礼和生活沧桑的启迪，他终于走向心灵深处，意识到心外无物，心外无玉，心外无天。我说《红楼梦》是一部伟大的心史，就是贾宝玉所呈现的这种由石到玉、由玉到心、两度通灵的心灵史。

以往我们都知道明代曾出现王阳明的心学。这确实是伟大的心学，中国文化的卓越奇观。《传习录》被称作"精一之学""唯精唯一之学"，这个"一"，便是心。而《六祖坛经》也是以"心"为本为"精一"，所以才有"不是风动，不是幡动，而是心动"的心外无物的经典故事。而《红楼梦》的"精一"形象，就是贾宝玉的心灵。林黛玉作为贾宝玉的知己，是确切意义上的"知心人"。从才智上说，黛玉总是高于宝玉一筹。贾元春省亲时让宝玉作诗，宝玉自己写了三首，黛玉作弊替他写了第四首，宝玉一看，立即觉得这一首比自己的"高过十倍"，而元春一读，非常高兴，称赞弟弟"果然进益了"，并特别称赞了黛玉作弊的第四首（《杏帘在望》）"为前三首之冠"（第十七至十八回）。还有如上文所言，贾宝玉得意地写了"你证我证，心证意证……"，而林黛玉一看，立即觉得"还未尽善"，于是给宝玉补了"无立足境，是方干净"八个字（第二十二回），一下子把宝玉的禅悟境界提升了一大步。所以我一直把林黛玉视为引导贾宝玉前行的女神，如歌德在《浮士德》最后所吟：永恒之女神，引导我前行。那么，作为宝玉"永恒之女神"的黛玉，又为什么那样深爱贾宝玉呢？这便是因为她是宝玉的知心人，她比任何人都了解，这个被视为呆子、孽障的小哥哥乃是一尊诗意的菩萨，他是一颗至柔至纯至真至善的心灵。她看到这颗心灵"尚未尽善"时，愿意帮助他尽善。

　　贾宝玉这个文学形象，其内涵太丰富，要充分描述它，绝非易事。用"性格""性情""典型"等概念来把握，难以深入；用"气质""理念""精神"等范畴，又显得抽象。最后，我想首先应以释家之念解说，贾宝玉就是贾宝玉，贾宝玉就是一颗心，一颗人类文学史上从未有过的最纯粹、最温柔、最广阔的心灵。

　　王阳明的心学讲述的是"心"的一元论。在他的体系里，天理良知，真情真性全统一于凝聚于心。他所说的心，不是欲望之心，而是道心，本心，真心。我说《红楼梦》是王阳明之后最伟大的心学，但它不是王阳明式的思辨性的心学，而是意象性的心学。这就因为，《红楼梦》的心，不是体现在概念、范畴与分析中，而是呈现在贾宝玉这颗具体的活生生的"心"中。聂绀弩一再说，《红楼梦》是一部"人书"，一部期待让奴隶变成人的书。但他在发表这一论点之后，还迫切希望自己写出《贾宝玉论》，这是为什么？在我看来，正是他想进一步说：《红楼梦》不仅是一部"人书"，而且是一部"心书"，一部心灵大书。

七

　　不知道我敬爱的聂绀弩老人会怎样著写他的《贾宝玉

论》，不知道他会用怎样的视角和语言来把握《红楼梦》这位主人公。我今天用释家"心灵"这个视角来把握，不知道能否完成他的一部分心愿。我只能说，仅从"心灵"上说，《红楼梦》就不愧为世界文学的经典极品，它给世界文学之林提供了一颗前所未有的最丰富、最纯粹的心灵意象。

西方文学把荷马史诗《伊利亚特》和《奥德赛》视为第一文学经典，而且被认为描写了人类童年的单纯。但是我们只要以《红楼梦》的主人公为参照系，就会发觉《伊利亚特》的主人公阿格纽斯（另一译名阿基琉斯）固然满身英雄气概，却不懂得尊重对手。他用战车把对手（敌人）赫克托耳的尸体拖着走并绕特洛伊城三匝，这种行为语言就显露出他的心灵不够纯正的一面。与阿格纽斯相比，宝玉的心灵则是覆盖一切人的无缘慈悲和无限慈悲，也是庄子的"无对"，即没有对立、对手、对抗。"无对"不是不明是非，而是不争是非，不执是非，从而不辱对手（这一点，我将在"道之宝玉"篇中进一步阐述）。荷马史诗之后，莎士比亚和托尔斯泰笔下都创造过极为纯粹的心灵，如《罗密欧与朱丽叶》中的朱丽叶，如《战争与和平》中的娜塔莎。但她们的单纯更多表现为情爱的单纯，而宝玉的心灵则是面对社会人生各个层面的单纯，而且是无争无相的单纯。就心灵的纯粹而言，恐怕只有我国《山海经》中的女娲、精卫、夸父等形象可与贾宝玉相比，所以《红楼梦》也以《山海经》的补天故事为开端。小说跳过数千年历史，直接连上《山海经》，可惜《山海经》中的意象虽然单纯，却不够丰富；虽有力度，却无深广度。宝玉的形象把《山海经》的神话演化为柔性史诗，也把文学中的心灵意象创造推上巅峰。另一部可与《红楼梦》并提讨论也是塑造童心的小说《西游记》，其主人公孙悟空也是石头所化，通灵之后虽能七十二变却始终保持一颗不变的善良单纯之心。但是神通广大的孙行者没有情爱，完全疏离世俗生活的复杂系统，因此，它的心灵虽单纯却缺少纵深内涵，也无法与宝玉之心相比。

笔者一再说明，以"心灵、想象力、审美形式"为基本要素的文学，"心灵"乃是决定文学高低成败的第一要素。《红楼梦》之所以成为中国文学的第一经典，便是它塑造了一颗无比丰富又无比纯粹的心灵。聂绀弩一生献给文学，经历无数苦难而在即将离开人世之前，所以会以整个身心牵挂着《贾宝玉论》，我相信，一定是他感悟到人间一切金光玉彩，都不如一颗至真至善之心所具有的无量价值和无量辉煌。

2012年9月7日

美国科罗拉多

中篇：浑沌的赞歌

用道家文化视角看宝玉

一

在《贾宝玉论》的首篇，我已讲明，从"释"的视角上说，尽管贾宝玉内涵非常丰富，却可以用一个字表述，这就是"心"字。从"道"的视角上说，宝玉则是一个不为物役也不役物、逍遥自在的"真人"。

"真人"是庄子思想中的"大概念"。什么是"真人"？《大宗师》篇中用多种角度做了定义。"真人"与"至人""神人""圣人"等大称谓，在庄子的表述系统中，其名虽异而"实"则相通。《逍遥游》说："至人无己，神人无功，圣人无名。"庄子使用不同名称，内涵也有所区别，但实际上都在表述一种他认定的具有最高境界的理想人格。只是在不同的语境中，他选用的称谓有所不同而已。大体上，"圣人"多用于政治语境；"神人"多用于宇宙语境；而"真人""至人"则多用于哲学语境、精神语境和道德语境。四种高人，都是庄子的理想人格，都处于最高境界之中。

境界是讲层次的，所以才有现代哲学家冯友兰先生对境界做从低到高的"自然境界""功利境界""道德境界""天地境界"之分。在庄子的思想系统里，也有境界的高低之分。在他看来，儒家因为"人为"而境界不高。他们只知效一官，比一乡，合一君，信一国，这不是逍遥游的境界，所以入道的宋荣子窃笑他们。超越儒家而进入高一层境界的宋荣子是"举世誉之而不加劝，举世非之而不加沮"，完全抛弃了荣辱得失之计较，开始脱俗而回到自然人格。比"宋荣子境界"更高的"列子境界"，是通过"御风而行"的自然功夫而抵达"道通为一"的逍遥境界。但这还不是最高境界，因为列子虽能御风而行，却仍然"有所待"，即受制于自然风的法则。比这更高的境界是连"风"也不依赖，即不仰仗任何外部对象，"无所待"，而以自己的大智慧与天地独往来，"与天地齐一"，从而把握天、地、人根本意义的真人境界、至人境界、神人境界。处于这种最高境界者，便是理想人格、卓越人格。

我们通常都把庄子与"禅"连成一体，称作庄禅思想。

这两者确有相通处，但也有区别。最大的区别是庄子有理想人格的追求，而禅则没有，禅重在瞬间的生命神秘体验，能"明心见性"就好，不管他是什么人。禅最后的理想是返回平常心，做"平常人"，而非真人、至人、圣人、神人等。在现代社会中，庄子的"理想人格"可能有两种发展方向：一种是不断扩张而走向尼采式的"超人"；一种是不断修炼而成为拥有高境界的"平常人"。尼采鼓吹得道后做"超人"，慧能主张得道后仍做"平常人"，东西方这两种不同的精神指向，孰高孰低？历史定会做出公正的判断。

宝玉属于东方世界，他既是庄，又是禅，他呈现的理想人格是经过禅的洗礼的。从思想文化史上说，印度传入的佛教经过老庄（道家文化）的洗礼而化为"禅"（中国化的"释"）；而老庄也受禅的洗礼而变得更人间化与生活化。贾宝玉这个"真人"，便是庄与禅交融而成的日常生活化的"真人"。这个"真人"，表现为"圣人"时，并非儒家尧舜式的"圣王"理想人格，而是道家许由式的"不王"理想人格；表现为"神人"时，他则不是神仙式的虚无缥缈的非人形态，而是有血有肉、出淤泥而不染的脱俗性格；表现为"至人"时，则是"真"的极致，"诚"的极致，"善"的极致，"美"的极致。他不仅没有仇恨、嫉妒、贪婪、算计等多种生存技能，而且是一个不知有目的（功利目的）、有手段（生存策略）、有敌人、有坏人、有假人的特殊生命存在。所以他成了曹雪芹的理想人格，即曹雪芹的"梦中人"。

在拙著《红楼人三十种解读》中，笔者已说明了贾宝玉乃是曹雪芹的"梦中人"即理想人格：

> 《红楼梦》的主人公（贾宝玉）也是艺术升华的结果，他做了许多梦，拥有许多梦中人，而他本身却是曹雪芹的首席梦中人。贾宝玉既是曹雪芹的灵魂投影，又是曹雪芹塑造的理想人格。曹雪芹与贾宝玉并不相等，换句话说，贾宝玉这个文学形象与贾宝玉的生活原型（曹雪芹）并不相等，前者更理想，更带梦的色彩。作为现实主体、生活原型，曹雪芹生活虽然潦倒，但他并没有出家当和尚，并非"情僧"。他既未衔玉入世，也未离家出世。贾宝玉最后的"解脱"只是曹雪芹的梦。因此，贾宝玉正是曹雪芹的审美理想。他希望自己有宝玉似的人生、宝玉似的情爱、宝玉似的性情、宝玉似的大慈大悲、宝玉似的升华与结局。按照"假作真时真亦假"的结构，甄宝玉与贾宝玉二为一体，两者都以作者为生活原型，但这

两个形象，只有一个是作者的梦中人——审
美理想，这就是贾宝玉。

这里应当强调的是，贾宝玉作为曹雪芹的理想人格，
是庄子式的理想人格，不是儒家式的理想人格。如上所述，
不是尧舜式的"圣王"人格，而是许由似的"真""至"
人格。《红楼梦》后四十回写宝玉出家后，皇帝赐予他"文
妙真人"的封号，称宝玉为"真人"，到是有见地，但"真
人"前头加上"文妙"二字，却有问题。因为庄子理想中
的真人乃是自然人格，而非儒家理想中的"社会人格"与
"文妙人格"。贾宝玉早已超越儒家的"文妙"境界，当然
也超越皇帝价值系统中的"文妙"所指。总之，既是"文
妙"，便非"真人"；既是"真人"，便不"文妙"。贾宝
玉恰恰是一个进入社会但未被社会所同化、所异化而保持
自然天性的道家理想人格。

二

在庄子的定义里，"真人"最重要的特征乃是"自
然"，不是"意志"；是"顺应"，不是"强求"；不是"有
为"，而是"无为"。与尼采的"权力意志"正好背道而驰。
《庄子》中的《大宗师》篇用多种角度定义"真人"，这也

正是庄子理想人格的核心内涵。在定义中，真人首先应具有一种不强求的立身态度，即"不逆寡"（不反自然而行），"不雄成"（不以强硬的方式去完成某个事项），"不谟士"（不用机心待人处世）。把成败得失看得很淡，得而不喜，失而不悔，因此能"登高不栗，入水不濡，入火不热"。而这，正是贾宝玉的基本性格。贾宝玉和任何人都可以相处，戏子、妓女（云儿等）、游侠（柳湘莲）、流氓（薛蟠等）也可以成为朋友，因为他五毒不伤（即所谓"入水不濡，入火不热"）。而能五毒不伤，又因为他与他者的关系是一种自然的"空境"或"逸境"，既不逆反，也不执着，自然相处而已。庄子还说："古之真人，不知说生，不知恶死，其出不欣，其入不距，悠然而往，悠然而来而已矣。"尽管生死是人生大事，但对于真人来说也无所谓，任凭造化安排，适逢其时自然地来去罢了。《大宗师》又曰："不忘其所始，不求其所终；受而喜之，忘而复之，是之谓不以心捐道，不以人助天。是之谓真人。"这段话说的也是真人没有强力意志，没有刻意之心，他既接受一切已经发生在身上的事情，又不着意去强求还没有发生的事情，不用机心去损害天道，也不用人算去扰乱天机。庄子还反复说明，真人乃是真我，所谓大宗师（真人的另一称谓），乃是善于法"道"、法"自然"、执行"天地与我并生""万物与我为一"的个体生命师表与真人坐标。而这个"大宗师"用现代的语言表述，也就是不为物所奴役，不为物所遮蔽，不为物所支配的大自由之我，即抗拒物化、异化的大逍遥之我。

贾宝玉所以乐于接受薛宝钗给他"富贵闲人"的命名，就因为有"闲"才有"真"，闲即"无心于事，无事于心"（南怀瑾语），昨天经历过的事可以放下，明天尚未发生的事也可以放下，"不将不迎"。唯其不将（不执着于过去），才没有复仇之念（宝玉被父亲痛打后没有一句微词，属"不将"）。唯其"不迎"（不执着于未来），方没有妄想、妄求与恐惧。真人的"不迎"，包括对死亡的不迎与不惧（宝玉不忌讳谈"死"）。

"不为物役"是庄子体系中的核心思想，只有摆脱"物役"，才能"逍遥"，才有自由；也只有摆脱"物役"，才有生命之真，才能构成理想人格。庄子的"物"，是个极为丰富的概念，说"物"是物质、物件、物品（例如财物、器物、食物等）当然也没有错，但庄子的"物"，就其广义而言，乃是指身外的各类存在，特别是被社会化的各种存在，例如"家""国""乡""党""权力""桂冠""功名""理念""概念"等等。"不为物役"难的是从一切身外存在物的束缚中超越出来、解脱出来。庄子之了不起，就是在二千三百多年前，就发现人被"物"所异化的巨大现象，并发出振聋发聩的"不为物役"的呼告。

这是世界思想史上最早的反异化的声音。贾宝玉虽然没有"不为物役"的直接呼告，但他的行为语言、立身态度，却全是摆脱"物役"的"觉悟"和对权力、财富、功名、八股等异化物的反叛与拒绝。

我们不妨从他所警觉的狭义之物（物品、物件、物质等）说起。贾宝玉在出家之前，对慌张地寻找玉石的薛宝钗和袭人说了一句"批评"话："你们这些人原来重玉不重人哪。"贾宝玉与她们相反，是重人不重物。他认为物只能为人所用，而不是人为物所用。所以，当晴雯耍脾气而撕扇子、摔盘子时，他不仅不生气，反而笑着对晴雯说："你爱打就打，这些东西原不过是借人所用，你爱这样，我爱那样，各自性情不同。比如那扇子原是扇的，你要撕着玩也可以使得，只是不可生气时拿他出气。就如杯盘，原是盛东西的，你喜听那一声响，就故意的碎了也可以使得，只是别在生气时拿他出气。这就是爱物了。"晴雯听了果然撕扇子，宝玉说："千金难买一笑，几把扇子能值几何！"（第三十一回）这一道理，宝玉告诉晴雯，还告诉贾环。贾环为赌博输钱与莺儿怄气哭了起来，宝玉教训他说"大正月里哭什么？这里不好，你别处去。你天天念书，倒念糊涂了。比如这件东西不好，横竖那一件好，就弃了这件取那件。难道你守着这个东西哭一会子就好了不成？你原是来取乐顽的，既不能取乐，就往别处去再寻乐顽去。

哭一会子，难道算取乐顽了不成？倒招自己烦恼，不如快去为是。"（第二十回）此一道理，与对晴雯撕扇子一事所发表的思想相似。两件事，两席话，讲的都是人与物的关系。宝玉的意思是，人是中心，人是主体。物应当人化，为人所用，而人却不可物化，为物所役。赌场、扇子，都是物，都是人制造出来的"东西"，人被自己制造出来的东西所主宰、所摆布，便是异化。被异化了的人，往往忘记制造东西（物）的目的是为了人自身——为了人的快乐与幸福。制造赌场也是如此，不管是输是赢，只要有益于主体的快乐就好，千万不要为"物"而生气而生烦恼。这种哲学，虽不算解脱，但至少可称为通脱。

扇子、赌器等东西只是低档物，而高档的"物"则是"玉"。但贾宝玉也拒绝被玉所役，所以他才会在与林黛玉首次见面时狠命地摔玉，称他所佩的"玉"是"劳什子"。他把林黛玉这个"人"看得很重很重，把所佩之"玉"看得很轻很轻。他绝对不允许让玉（物）成为"情"（与林黛玉的恋情）的障碍与负累。"摔玉"的行为语言说明他早已把"物"看透。贾宝玉真是天生的反物化、反异化的先觉者。

更为难得的是，贾宝玉不仅不为狭义之物所役，而且更不为广义之物所役。他对广义之物即身外的社会存在一直保持很高的警觉。贾宝玉嘲讽朝廷中那"文死谏""武死战"的文臣武将，嘲讽的便是这些人自以为"忠君爱国"却不知自己被"君""国""皇权""皇统"这些漂亮而沉重的外物所役。历代文人与百姓也将那些敢于"死谏死战"、为皇帝皇家牺牲卖命的文臣武将视为楷模，给予树碑立传，殊不知这些烈臣猛士完全没有个体生命存在的意识，完全没有独立人格与自由精神。他们完全是一些被帝王权威这种外物所统治、所支配、所奴役的异化生命。对此，贾宝玉发了一段大议论说（第三十六回）：

> 人谁不死，只要死的好。那些个须眉浊物，只知道文死谏，武死战，这二死是大丈夫的名节，便只管胡闹起来；那里知道有昏君方有死谏之臣，只顾他邀名，猛拼一死，将来置君父于何地？必定有刀兵，方有死战，他只顾图汗马之功，猛拼一死，将来弃国于何地？……那武将要是疏谋少略的，他自己无能，白送了性命，这难道也是不得已么？那文官更不比武官了：他念两句书，记在心里，若朝廷少有瑕疵，他就胡弹乱谏，邀忠烈之名；倘有不合，浊气一涌：即时拼死，这难道也是不得

已？……可知那些死的，都是沽名钓誉，并不知君臣的大义。比如我此时若果有造化，趁着你们都在眼前，我就死了，再能够你们哭我的眼泪，流成大河，把我的尸首漂起来，……这就是我死的得时了。

贾宝玉敢于嘲讽和批判"文死谏""武死战"这种愚忠行为和传统理念，说明他对"人为物役"的认知与抗议已达到很强的力度和深度，这是二千多年中国作家与中国诗人从未抵达的力度与深度。

除了对"文死谏""武死战"的强烈嘲讽之外，他一以贯之的"富贵闲人"的闲散态度，也是对"物役"的反抗。所谓闲散，也正是对人们孜孜以求的光辉耀眼的身外种种存在物的轻蔑与放下，他不走仕途经济之路，蔑视科举八股，反感一切"仕途"的规劝，正是他意识到这一切全是令其失去真我的异化力量。在"世人都晓神仙好，惟有金银忘不了……惟有娇妻忘不了"的时代潮流中，贾宝玉能保持自然天性，不为潮流所役，成为潮流的"槛外人"。正是这种稀有人格与卓越人格，也才使贾宝玉成为曹雪芹的"梦中人"。

三

所谓"保持自然天性",在庄子的"道眼"里,便是保持一种本真本然的浑朴状态,也就是混沌状态。庄子用一个著名的故事说明这一思想:"南海之帝为儵,北海之帝为忽,中央之帝为浑沌。儵与忽时相与遇于浑沌之地,浑沌待之甚善。儵与忽谋报浑沌之德,曰:'人皆有七窍以视听食息。此独无有,尝试凿之。日凿一窍'七日而浑沌死。"

庄子保持混沌状态的思想,与老子的"绝圣弃智"思想相通。在道家先驱者看来,人因为有了私智,便用私智作为器具而进行各种布满心机的功利谋略活动,结果便远离自然妙道,丧失本来就有的纯朴、自由与安宁。老子的"复归于朴",正是返回浑朴混沌即返回自然的呼唤。庄子"浑沌之死"的故事,也是反对人工的刻意开凿,也是返回自然的呼唤。老子、庄子这一思想常被解释为对知识与智慧的拒绝,可是如果做此极端的解释,就会使人满足于蒙昧状态,其负面效果不堪设想。然而,如果理解其真谛,明白庄子乃是在提醒人们不可丧失生命本真本然状态,即无功利、无谋略、无算计等状态,倒会产生巨大的保护天性的作用。如果用庄子的开窍不开窍之语言来表述,那么,人的生命过程,确实需要"开窍"的一面,即开凿智能、机能和获取知识的一面，但是，人类往往把这一面绝对化与极端化，遗忘"不开窍"即保持天真天籁赤子之心这一面的极端重要性与无量价值。这一面使人能够超越社会的污浊与人世的黑暗，也使人不会在功利活动中越陷越深而迷失，遗忘自由、自在、逍遥的价值。曹雪芹显然喜欢庄子的思想，《红楼梦》屡次写宝玉读庄的故事，但是，曹雪芹是伟大的作家，他并不是用庄子的哲学去演绎自己笔下的人物，也不是用庄子的思想硬套到宝玉身上。他写宝玉这个真人形象，完全从现实出发，突出了贾宝玉的混沌性格，把这个"真人"写成"卤人"。所谓"卤"，便是愚鲁、混沌、不开窍。在《红楼梦》中，曹雪芹特安排一段情节，让探春直呼宝玉为"卤人"，此一细节不可忽略。在《红楼梦》第八十一回"占旺相四美钓游鱼　奉严词两番入家塾"中，曹雪芹写探春与李纹、李绮、岫烟四美人在蓼溆一带钓鱼，宝玉也来凑趣，他抢着钓竿等了半天，那钓丝儿动也不动。刚有一个鱼儿在水边吐沫，宝玉把竿子一晃又唬走了。过一会儿又是钓丝微微一动，宝玉高兴得用力一兜，把钓竿往石上一碰，折作两段，丝也振断了，钩子也不知往哪里去了。在大家的笑声中，探春对宝玉说："再没见像你这样卤人。"对于这一情节，我曾评述道："用'卤人'来称贾宝玉，实在是再贴切不过了。他岂止在钓鱼时是个卤人，整个人生中他都是卤人。"（《红楼人三十

种解读·卤人论》)

宝玉之"卤"（混沌不开窍），表现在各个方面。除了前边讲的对于"生存技巧"永不开窍而没有常人常有的嫉妒、贪婪、撒谎等机能之外，贾宝玉还有一种最大的"不开窍"，也是让贾政最生气、最感到绝望的混沌，这就是对人人皆开窍人人皆向往的"荣华富贵"和"飞黄腾达"，他竟然没有感觉，没有兴趣，没有追求的热情。不仅没有，而且鄙薄、鄙视、蔑视。他本是一个最有地位的贵族子弟，荣国府的头号"接班人"。但他偏偏对财富、权力、功名这套价值体系无动于衷。《好了歌》中的世人，全都忘不了金银、娇妻、功名，可是最有条件拥有这一切的贾宝玉偏偏对这一切"不知不觉"，这是让贾政们何等失望的愚鲁啊。

让贾政不仅感到失望而且感到绝望的贾宝玉之混沌，不仅是"根本"上的混沌（关系到贾氏贵族大家族兴衰存亡的混沌），而且混沌得非常顽固，非常坚固。不仅贾政的棍棒打不破这混沌，而且薛宝钗、袭人等美人的脂粉香气也化解不开这混沌。在《红楼梦》的情节中，宝钗与袭人，就像北海之王儵与南海之王忽，感念浑沌的情意，遗憾浑沌的不开窍，因此处心积虑地开凿宝玉的混沌。可是，任你开凿劝诫，宝玉还是宝玉，卤人还是卤人，浑沌还是浑沌。心机一点也不生长，巧智一点也不增添，怎样也成不了贾氏贵族豪门的"接班人"。

《红楼梦》第九十回，王夫人对自己的儿子贾宝玉有一段意味深长的评价。她说："林姑娘是个有心计儿的。至于宝玉，呆头呆脑，不避嫌疑是有的，看起外面，却还都是个小孩儿形象。"王夫人说宝玉始终是个小孩，是个赤子，是个混沌未凿的自然人格，全然没有错。老子所说的"复归于婴儿"，对于贾宝玉来说，是不存在的问题，因为他的浑朴始终未改，婴儿状态一以贯之，无须回归。老庄创造了许多求道者，但宝玉无须求道，他本身就是"道"，就是"自然"。如果说，释之宝玉是一颗心灵，那么，道之宝玉，便是自然。所谓真人、卤人，也就是与自然的根本妙道冥合齐一的天地境界中人。

读《红楼梦》可以有千百种读法，此时我们把它读作"浑沌"的赞歌，给予"不开窍"一种积极的理解，那么贾宝玉这个形象的精神内涵就会更深刻地展现出来。

四

要说"个性"，那么，贾宝玉才真正富有个性，他的"这一个"，前无古人，恐怕也后无来者。这是一个永远无法复制的形象。"真人""至人""神人"等，尚可以找到"普遍性"，而要找到像宝玉这样一卤到底，而且卤得如此奇特的人，却不可能。也就是说，他没有普遍性，不能算作"典型"。

　　贾宝玉除了上述那些"不开窍"内涵之外，还有另一个巨大的"不开窍"，这就是他永远不知道所作所为的所谓"目的"。庄子认为，远古的浑朴之人，便是没有目的的幸福人，他们"居不知所为，行不知所之"（《庄子·马蹄力》）。尽管从历史主义角度上看，这是返回原始状态的空想，但从伦理主义的角度上说，这种"不知目的"却是对"机心"的拒绝。贾宝玉虽没有这种思维逻辑，但他天然地扬弃"目的论"。他从天外来地球一回，通灵而经历人间生活，只是为经历而经历，为生活而生活，一切言语行为都没有预设的目的。他为读书而读书，为诗歌而诗歌（即为艺术而艺术），为爱恋而爱恋。他恋爱，但恋爱仅止于审美与高兴，并不是占有（不是为了"结婚"或占有对象）；他生活，但不追求生活的奢侈享乐；他读书，但并不是为了进入科场谋取功名；他写诗，只因为快乐就在写作中，并不是为了猎取任何桂冠，所以在诗社的比诗中，尽管他屡屡被评判为最后一名（即压尾），不仅放在林黛玉之后，甚至也放在薛宝钗、史湘云之后，但他仍拍手称快，衷心赞扬李纨（评判者）评得极公平，衷心地为胜利者鼓掌。因为他没有写诗之外的任何功利目的。这个贾宝玉，唯知"过程"，不知"结果"，对于"结果"，他永远是个浑沌儿。对于"目的"，他也永远是个浑沌儿。他的行为是自发的、自然的，一切均是内心的需要，生命本身的需求。贾宝玉在赛诗中的表现，常会让"世人"感到困惑：为什么失败了还那么高兴？为什么被评为"压尾"了还那么鼓掌？这里的答案正是宝玉的生命密码，那就是宝玉乃是一个无目的、超功利的生命存在。因为他没有目的，所以就超越胜负的计较，就摆脱成败的焦虑，归根结底，就是进入一种"忘我""无我"的至高境界。常听有见识的现代学人说，为艺术而艺术、为学术而学术的境界才是最高境界，这也正是无目的的境界。

贾宝玉的混沌，从哲学上说，乃是对"目的"的混沌，对"结果"的混沌，对争名夺利的混沌。现代社会使人愈来愈聪明，但太聪明乃至太精明之后，便是对"目的"格外开窍，事事有动机，样样求报酬，对功利与荣耀格外敏锐与执着，因此运动场就变成战场搏斗场，学术场也变成名利场。在"目的"刺激下，战场与名利场上便充满权术、心术、手段、策略和血腥的较量。原来应有的快乐消失了，取而代之的是一味企图压倒对方、独占天下的"机关算尽"。

康德关于美是"无目的的合目的性"的命题，不断被阐释，如果我们通过贾宝玉的心性去理解，则会顿开茅塞。贾宝玉的写诗正是无目的、超功利的审美创造，不管是失败或者胜利，也都高兴，而不在乎"结果"的快乐恰恰又符合"实现生命价值"这一总目的。

贾宝玉人生中的快乐有两种源泉：一是写诗；二是恋爱。如果说，他是为诗而诗，那么也可以说，他是为爱而爱。欢乐全在写诗与恋爱的过程中，并无"得奖"与"结婚"等世俗目的。除了与林黛玉热恋之外，他和袭人、宝钗、麝月、鸳鸯、香菱等，也有恋情，属于"泛爱者"。而这些恋爱，他都没有"占有"的目的，即没有功利的目的，对所有对象都止于欣赏，止于倾慕。他不仅自己为恋爱而恋爱，扬弃"占有"或婚姻目的，而且希望少女们也如此，因此，他才发出女子一旦嫁人就会变成"鱼目""死珠子"的惊人之论。在他的潜意识里，显然认为女子嫁给男人从而踏进男人的功利污浊世界是个致命的错误。

贾府中有两个"富贵闲人"，老的是贾母，少的是宝玉。如上所言，所谓闲，乃是"无心于事，无事于心"。那么，宝玉真的可称为"闲"了，因为他凡事都不求其目的，而贾母则闲而不闲，因为，她心中有事而且事事有目的，例如她往寺庙烧香拜佛，并不是像宝玉那样去游玩，而是在富、贵、闲三字之外，还求一个"寿"字。求"寿"是她的目的，存此目的，她这个闲人便不得闲心，终于不及宝玉的得大自在。

宝玉往往不求道而得道。他身上的"不争之德"不仅是"德"，更是"道"。他的不争，包括不争夺（不谋权力、财富、功名等）、不争辩（不争是非）、不争宠等。老子在《道德经》中首提"不争之德"（第六十八章），但他的"不争"却带有策略性，所以才说"以其不争也，故天下莫能与之争"，就如尧舜退让不争，便赢得天下人心，别人就无法与之相比。这其实是"术"（策略）不是道。而贾宝玉的"不争"则是纯粹的"不争"，彻底的"不争"，无"目的"的不争，既不争天下，也不争人心。在他那里，"争"既不是目的，也不是策略，于是，他就把策略性转换为本体性，成为一种"道"，一种境界。既是"道"，那就"不可道"，即不是概念，不是言说，但它处处都在，时时都在。他不争名夺利，贯穿一生；他也不争辩争执，除了婚后和宝钗争辩过一次"赤子之心"外，从未与他人争辩过。他心中不是没有是非（他心之明亮，贾府里无人可比），只是不屑于纠缠是非。他不争宠，连皇妃姐姐省亲"驾临"到面前了，他也不在乎。只是"因家中有这等大事，贾政不来问他的书，心中是件畅事"（第十六回）。这一点，连平时高傲至极的林黛玉都不如他。黛玉在元春的大辉煌照耀中，竟然也写出"香融金谷酒，花媚玉堂人"的媚上之句，并且萌生一个俗念："安心今夜大展奇才，将众人压倒"（《红楼梦》第十七至十八回，此细节以往的红学研究中有所忽略）。像林黛玉这种清高之人，也难免俗，更难将"不争之德"一以贯之，唯独宝玉，从未有过"将众人压倒"的目标。元春在众人中独"宠"（牵挂）宝玉，但宝玉一点也没有"受宠若惊"之感。姐姐还是姐姐，往昔她如同"教母"，现在她来考诗试诗，愁的只是交不上好卷子，幸而有钗、黛帮忙作弊，混过一关，如此而已，有什么好争？有什么可"大展"可"压倒"的？以此事而论，黛玉的脑子确实比宝玉强（比宝玉灵活、聪明），但就心灵而言，宝玉却比黛玉更纯粹、更"逍遥"、更"得道"。

五

　　贾宝玉形象的精神内核虽与庄子相通，但宝玉对庄子并不是全盘接受。曹雪芹很了不起，他对儒、道、释三大文化均了解极深。对于三者的表层，他都有所保留与质疑，所以他才让其人格化身贾宝玉采取相似的态度。宝玉一方面充满大慈悲，近似释迦（深层释），另一方面又常"毁僧谤道"（表层释）。袭人规劝他不要"毁僧谤道"，只涉释之表层而非释之深层。就儒而言，宝玉对儒所衍生的宗法礼教和君臣秩序及儒式科举等确实深恶痛绝，但对儒所规范的亲情礼仪却严加遵守。而对于道，其表层的代表贾敬，走火入魔地炼丹吞砂，只被当作喜剧角色，而作为思想家的老子庄子却深受尊敬。然而，即使对于思想家庄子，宝玉也给予严厉的质疑。《红楼梦》第二十一回写道，宝玉"因命四儿剪灯烹茶"，自己看了一回《南华经》。正看至《外篇·胠箧》其文曰：

> 故绝圣弃智，大盗乃止；摘玉毁珠，小盗不起；焚符破玺，而民朴鄙；掊斗折衡，而民不争；殚残天下之圣法，而民始可与论议。擢乱六律，铄绝竽瑟，塞瞽旷之耳，而天下始人含其聪矣；灭文章，散五彩，胶离朱之目，而天下始人含其明矣；毁绝钩绳而弃规矩，攦工倕之指，而天下始人有其巧矣。

对于庄子这一"绝圣弃智"以致连文章艺术也要弃绝的观念，宝玉无法接受。于是，他就"趁着酒兴"，意趣洋洋提笔续曰：

> 焚花散麝，而闺阁始人含其劝矣；戕宝钗之仙姿，灰黛玉之灵窍，丧减情意，而闺阁之美恶始相类矣。彼含其劝，则无参商之虞矣；戕其仙姿，无恋爱之心矣；灰其灵窍，无才思之情矣。彼钗、玉、花、麝者，皆张其罗而

穴其隧，所以迷眩缠陷天下者也。

这一续篇，刻意把庄子美恶不分的思想推向极端，使其落入"行不通"的境地。宝玉实际上在质疑相对主义的庄子：先生，按照您的美丑不分的理念逻辑，那么，袭人、麝月、宝钗、黛玉等美丽少女也算不得美，把她们弃之，绝之，焚之，散之，戕之，灰之，也无所谓了。这能行得通吗？现在我把你的相对论推向极端，看您荒谬不荒谬？当然，这是宝玉的激愤之语，林黛玉读了之后，便写了一绝句嘲讽他：

> 无端弄笔是何人？作践南华庄子文。
> 不悔自家无见识，却将丑语诋他人。

林黛玉的思想总是高出宝玉一筹，她对庄子的理解也比宝玉深邃。她知道庄子的无事无非、绝圣弃智的真意，并不是宝玉所斥骂的那么简单。但我们也应承认，宝玉的叩问并非完全没有道理。在文学艺术领域里，可以废弃是非判断的政治法庭，也可以废弃善恶判断的道德法庭，但不可以废弃美丑判断的审美法庭。没有审美判断，也就没有文学艺术。而在世俗生活领域里，因人间是非各有不同的尺度，所以不可轻易地把人群划分为好人坏人，许多是非需要时间与历史的检验，而在更高的精神层面上，作家则不仅需要理解"好人"，也需要理解"恶人"，这才有所谓大悲悯。但是，即使是信奉不二法门的佛教，它还是要讲究"净""染"之分。曹雪芹大约受其影响，也把世界分成以少女为主体的"净水世界"和以男人为主体的"泥浊世界"。这种划分，乃是超功利的审美判断。贾宝玉在尊重一切人、宽恕一切人的襟怀下，也做此鲜明的划分。所以，才发出"女儿水作""男人泥作"的惊人之语。他对庄子的质疑，说明他并非浑浊一团、漆黑一片。该混沌处，他混沌；该开窍处，他比别人更为开窍。因为有美丑净染判断，他才成为一个诗人。

然而，林黛玉批评贾宝玉"无见识"即未能充分理解庄子，也有道理。她也许知道，庄子的哲学正是美学，正是超是非判断（政治法庭）、善恶判断（道德法庭）的审美形而上。庄子关心的不是政治、道德，而是个体存在的境界问题。他不计利害、是非、功利，消除物我、主客、人己，不是毁灭美，而是保护美，即让美与天地并存。庄子讲"天地有大美而不言"（《知北游》），讲"无不忘也，无不有也，澹然无极而众美从之"（《刻意》），都在说明唯有超越世俗的功利判断而对人生采取审美态度才能赢得"至乐"。贾宝玉未能认识到这一层，误以为庄子美丑不分，错断了《南华经》的真意。其实，贾宝玉到地球一回，本身采取的正是庄子式的审美态度。其人生境界正是高于功利境界和道德境界的审美境界。林黛玉乃是引导贾宝玉精神提升的"女神"，她的批评一定会使宝玉更加明白庄子的真实内涵。

我曾说过，宝玉是个准基督、准释迦。并说释迦牟尼出家前大约就是贾宝玉这个样，而宝玉出家后大约会走向释迦。

然而，近两三年，徘徊在我脑中心中的新问题却是宝玉出家后会走向释迦还是走向庄子？与这一问题相关的是宝玉最后是走向宗教还是走向审美？如果释迦是中国释，那就是禅，而庄禅是可以统一起来的。庄的立身态度是审美关照态度，禅也是如此。从这个意义上说，走向释迦也可以说是走向审美。但庄禅毕竟不同。禅只重"心"，而庄则既重"心"又重"身"，贵灵性也贵情性。相比之下，庄比禅更重生，尽管庄有"泯生死"的宣告（但又有"保生全身"和"安时处顺"的意念）。贾宝玉和林黛玉的"喜散不喜聚"不同，他更爱热闹，更爱生活，属于"喜聚不喜散"。宝玉和宝钗的"冷人"性格不同，他浑身都是热，是彻头彻尾的"热心人"，因此，虽是"闲人"，又可称为"无事忙"。这种立身态度从根本上说，完全不同于佛教那种否定和厌弃人生的体系性观念。这种根本区别折射到情感上，更显出很大的差异。佛教要求消灭情欲，而宝玉却对人生、生命充满眷恋。因此，秦可卿去世时，他悲伤得吐血；鸳鸯去世时，他痛哭；晴雯去世时，他写出惊天动地的祭文（《芙蓉女儿诔》）；黛玉去世时，他更是丧魂失魄，整个生命状态完全改变。这种情感态度，更近"儒"（下一篇再叙），但也不是反庄。庄子固然看透生死（所以有妻死鼓盆而歌的故事），但他并不否定人生，所以才有"与物为春"（《德充符》）、"万物复情"（《天地》）、"与天和者，谓之天乐"（《天道》）等接近儒家"人与天地合"的情感表述。

　　从上述这些思路，也许可以说，贾宝玉出走后虽会走向释迦，但恐怕不是传统的、原始的释迦，而是中国化的释迦，即慧能式的释迦，而且又是"我与万物合而为一"的庄子，也可以说：不是走向宗教，而是走向审美；不是佛化，而是自化；不是宗教性解脱，而是审美性超越。这倒是庄子所向往的"真人""至人"，又是慧能式的平常心、平常人。可惜，这也只是曹雪芹的"梦"而已，况且是永远"圆"不了的梦。

2013 年 4 月 15 日

美国科罗拉多

下篇：逆子、孝子、浪子、赤子

用儒家文化视角看宝玉

一

在《贾宝玉论》中，笔者曾说：从儒的视角上看，宝玉是拒绝表层儒（君臣秩序）而服膺深层儒（亲情）的赤子。这句话说得更完整一些应是：宝玉是拒绝与反抗表层儒的逆子与浪子，又是服膺深层儒、充满血缘之亲的孝子与赤子。宝玉这个形象，极为丰富，他的多重暗示几乎难以说尽。其性情中逆子与孝子的矛盾场，浪子与赤子的共生结构，不断展示。

关于表层儒与深层儒的划分，完全得益于李泽厚先生。他在《波斋新说》的附录《初拟儒学深层结构说》一文中这样表述：

所谓儒学的"表层"结构，指的便是孔门学说和自秦、汉以来的儒家政教体系、典章制度、伦理纲常、生活秩序、意识形态等等。它表现为社会文化现象，基本是一种理性形态的价值结构或知识—权力系统。所谓"深层"结构，则是"百姓日用而不知"的生活态度、思想定势、情感取向；它们并不能纯是理性的，而毋宁是一种包含着情绪、欲望，却与理性相交绕纠缠的复合物，基本上是以情—理为主干的感性形态的个体心理结构。这个所谓"情理结构"的复合物，是欲望、情感与理性（理知）处在某种结构的复杂关系中。它不只是由理性、理知去控制、主宰、引导、支配情欲，如希腊哲学所主张；而更重要的是所谓"理"中有"情"，"情"中有"理"，即理性、理知与情感的交融、渗透、贯通、统一。我以为，这就是由儒学所建造的中国文化心理结构的重要特征之一。它不只是一种理论学说，而已成为某种实践的现实存在。

"儒"经此划分，我们再看宝玉，就会觉得笼统说宝玉"拥儒"或笼统说宝玉"反儒"都过于本质化即过于简单化。实际上，宝玉是二者的集合体。说宝玉"反儒"，不错，他确实对表层儒家思想所衍生的君臣秩序、典章制度以及"文死谏""武死战"等儒家生命典范深恶痛绝；说宝玉"拥儒"，也对，他确实以情为本体，把亲情看得很重，完全符合儒家"亲亲""尊尊"的要求。从表层儒看宝玉，他是个逆子。父亲贾政骂他为"孽障"，视他为"眼中钉"，便是觉得他未能遵循儒家的"教化"，不能投入儒家经典的训练，拒绝走"学而优则仕"的道路。本应当熟读"四书五经"，他却与黛玉私下读《西厢记》等杂书；本应按儒统的指示"立功、立德、立言"，他却视此为"酸论"，完全拒绝儒家指明的人生目标。贾政乃是贾府里的孔夫子，他是儒家文化的正典范本，看宝玉处处不顺眼，既不修身，也不齐家，更不能指望他治国平天下。完全是个废物，完全是个逆子，所以才借口痛打宝玉，把他往死里打（"下死笞楚"）。

可惜贾政只知道自己是个孝子（他确实是孝子，当他痛打宝玉之后，一旦见到贾母谴责，立即跪下接受母亲的斥骂），不知道宝玉也是一个孝子。仅以被打一事而论，宝玉被打得皮破血流，但他对父亲却没有一点反抗反驳，之后也没有一句怨言，更不说父亲一句坏话。贾宝玉固然害怕父亲，对父亲有"畏"，但他畏中却有敬，因此，与其说"畏惧"，还不如说"敬畏"。《红楼梦》第五十二回，写了宝玉即将出门去看望舅父王子腾（故事发生在被父亲痛打之后），前呼后拥的有奶兄李贵和周瑞、钱启等六人。小说写道：

> 宝玉在马上笑道："周哥，钱哥，咱们打这角门走罢，省得到了老爷的书房门口又下来。"周瑞侧身笑道："老爷不在家，书房天天锁着的，爷可以不用下来罢了。"宝玉笑道："虽锁着，也要下来的。"钱启李贵等都笑道："爷说的是。使托懒不下来，倘或遇见赖大爷林二爷，虽不好说爷，也劝两句。有的不是，都派在我们身上，又说我们不教爷礼了。"周瑞钱启便一直出角门来。

老爷（父亲）在，要下马，老爷不在，也要下马，这是规矩。中国的亲亲、尊尊，不仅有"情"在，而且有情的规矩在，其伦理情感"落实"到行为规范里，这才是中国情感文化的关键之处。贾宝玉明知父亲不在家，但还是要下马表示敬意。这一细节，说明他已把"尊尊"（敬）当作一项重要的心灵原则与行为原则。

与此相似，第五十四回还写了另一孝敬的故事。这是荣国府元宵节家宴的时候，贾珍、贾琏等分别奉杯奉壶在贾母面前下跪，而平日最受贾母宠爱、可以在贾母面前撒娇的宝玉也连忙跪下。同样也很受宠的史湘云便悄悄推他取笑道："你这会又帮着跪下作什么？有这样，你也去斟一巡酒岂不好？"宝玉笑说："再等一会子再斟去。"在这一细节中，我们可以看到，宝玉不仅是个"孝子"，而且是个"贤孙"。关于这一细节，笔者曾做如下评述：

> 史湘云的意思是说，像你这么得宠的人根本用不着多此一举，但宝玉还是觉得爱归爱，礼归礼，还得遵循大家庭的礼仪。贾宝玉这一跪拜行为语言，说明他的情感态度还是尊儒的，或者说其日常生活的行为模式和情感取向还是属于儒家的。贾宝玉对待其他亲者与兄弟姊妹的态度，包括薛蟠这个呆霸王，也是充满亲情，甚至连仇视他的赵姨娘，他也从未说过她一句坏话。从以上这些例子可以看到，贾宝玉既是"情不情"，又是十足的"亲亲"，儒的"亲亲"哲学和以情感为本体的伦理态度也进入他的生命深处。

> 《红楼梦》之所以感人，正是它看破色相之后仍有大缅怀，大忧伤，大眼泪，即放弃一切身外的追求，但仍有对"情义"的大执着，

不仅有爱情的执着，还有亲情的执着。因此，笼统地说《红楼梦》反对儒家道德和反对儒家哲学就显得过于简单了。至于说贾宝玉是"反封建"，那更是"本质化"了。

如果仅从宝玉"下马"与"下跪"两个细节看，贾宝玉简直是个循规蹈矩的封建家族的"孝子贤孙"，但是，真把宝玉界定为"孝子贤孙"，又是另一方向的简单化与本质化了。曹雪芹的伟大，恰恰在于他没有把人看成"扁平"，而用现实主义方法，把宝玉的人性真实、生命真实全面写出来了。这个圆形的真实生命非常丰富，非常广阔，他既有"循规蹈矩"的一面，也有"反规抗矩"的一面，亦循亦抗，亦尊亦反，全都是真实生命的一部分。就以对父亲而言，说宝玉"怕"父亲，对；说宝玉"敬"父亲，也对；说宝玉爱父亲，对；说宝玉恨父亲，也没错。能记得在父亲的书房前，一定要下马，心里确实有父亲，可是最后离家出走，不辞而别，又是从根本上背叛父亲。古有训："父母在，不远游。"而这个宝玉，父母尚在，他不仅去"远游"，而且去做"云游"与"神游"，云中作揖之后，便消失得无踪无影，这不是大逆不道是什么？人本来就是丰富的，从事文学创作，最怕的是把人和人性写得太简单了。现实中人，本就丰富复杂，更何况文学中人。以现实中人而论，倘若以"评红"的王国维为例，那么，他的生命是何等丰富呵。在政治上，他确实保守，是货真价实的保皇派，拒绝剪辫子，与张勋的复辟辫子军勾勾搭搭是真的，然而，他又是最先进的学问家与思想家，他的学术眼光是那个时代最先进的德国哲学，这也是真的。因此，界定他为"封建遗老"不对，但界定他为时代先锋也未必贴切。贾宝玉也是如此，界定他为封建的"孝子贤孙"，不对；界定他为"反封建的战士"，也不对。贾宝玉就是贾宝玉"这一个"，他不是概念，不是政治标签。他是活人，既是孝子，又是逆子；既是赤子，又是浪子；既是好孩子，又是纨绔子；其性格是多重走向，其性情又有多重暗示。

二

《红楼梦》中的人物，有两位可称作儒家文化的生命样品：一个是贾政，一个是薛宝钗。宝钗甚至可称为儒家文化的生命极品，既忠诚又漂亮。作为君子儒，贾政确有亲子之爱，他痛打宝玉，乃是"恨铁不成钢"。而薛宝钗，她也深爱宝玉。但贾政与薛宝钗都对宝玉既爱又"恨"，都痛感宝玉不争气，不正经，都认为宝玉读书的大方向不对。

林黛玉刚到贾府，听王夫人说起宝玉，便想起"常听得母亲说过，二舅母生的有个表兄，乃衔玉而诞，顽劣异常，极恶读书，最喜在内帏厮混"。其实，宝玉不是不喜欢读书，而是不喜欢读贾政和宝钗心目中的"正经学问"，即那些让人愈读愈世故、愈读愈"世事洞明"和"人情练达"的书籍。至于能保持真性情的诗词歌赋和《西厢记》一类的书籍，他却非常喜欢读，而且读得很多很广很投入。宝钗说他"每日家杂学旁收的"，倒是实话。贾政、宝钗感到失望的不是宝玉不读书，而是宝玉读错书。宝玉这一表现，贾政可说是"深恶痛绝"了。第九回中，宝玉要上学并向贾政报告，贾政却冷笑说："你如果再提'上学'两个字，连我也羞死了。依我的话，你竟顽你的去是正理。看仔仔细细腌臜了我这个地，腌臜了我这个门！"又对着宝玉的跟班，痛斥宝玉："他到底念了些什么书！倒念了些流言混语在肚子里，学了些精致的淘气。"更绝的是贾政始终不承认宝玉是个"读书人"。第七十八回写贾政年迈，"名利大灰"，比较冷静地看儿子、孙子，并让宝玉、贾环、贾兰一起作《姽婳词》，贾政命题之后，自己也浮上一般内心独白。此独白扬弃情绪，较为客观，但仍然不认为宝玉是个读书人。独白中道："……他二人（指贾环、贾兰）才思滞钝，不及宝玉空灵娟逸，……那宝玉虽不算是个读书人，然亏他天性聪敏，且素喜好些杂书。……"杂书不算书，好读杂书者不算读书人，这是贾政的偏见。晚年他虽宽容些，但还是改变不了偏见。这之前，宝钗也是认定读杂书不如不读书，不读比读好，因为读了会坏了性情。第四十二回中，宝钗对黛玉做了推心置腹的谈话，就说"杂书不可读"：

> 　　男人们读书不明理，尚且不如不读书的好，何况你我。就连作诗写字等事，这也不是你我分内之事，究竟也不是男人分内之事。男人们读书明理，辅国治民，这便好了。只是如今并不听见有这样的人，读了书倒更坏了。这是书误了他，可惜他也把书糟蹋了，所以竟不如耕种买卖，倒没有什么大害处。你我只该做些针线纺织的事才是，偏偏又认得几个字。既认得了字，不过拣那正经书看也罢了，最怕见了些杂书，移了性情，就不可救了。

　　在读什么书、为什么读书等"大方向"上，宝钗与贾政是一致的。应当承认，这两位贾府中的老少孔夫子，都有一种清醒的价值理性，这就是深知杂书（包括诗词）不利于贾氏贵族王国的生存与延续。宝钗会写诗，贾政也懂诗词，两个对诗赋及杂书都有真知灼见，这就是他们知道这些书会移情变性，使贾氏子弟失去"修身齐家治国平天下"的信念。宝钗的理性表述得极为典雅，只说杂书难以使人"明理"更会使人"移了性情"，而贾政则总是恶声恶气。第二十三回中，贾政偶然听到袭人的名字，怒问是谁起这样刁钻的名字，宝玉承认："因素日读诗，曾记古人有一句诗云：'花气袭人知昼暖'，因这丫头姓花，便随口起了这个名字。"王夫人忙向宝玉说道："你回去改了罢。老爷也不用为这小事动气。"贾政道："究竟也无妨碍，又何用改。只是可见宝玉不务正，专在这些浓词艳诗上作功夫"，说毕，断喝了一声："作孽的畜生，还不出去！"在王夫人眼中的小事，在贾政眼中却是大事。他比王夫人更懂得这些"浓词艳诗"的本质和危害。所以大喊大叫起来，赶着宝玉"出去"！把宝玉骂为"畜生"，还勒令"出去"。这种绝对的专制态度，让我们想起古希腊的柏拉图把诗人和戏剧家驱逐出理想国的独断。关于柏拉图的这种独断，林岗和我合著的《罪与文学》，曾做这样的评说：

　　柏拉图是理解诗的，但是他更爱他的"理想国"，他知道他设计周密的"理想国"会瓦解在诗的手里，所以必欲除之而后快。……柏拉图是个艺术修养非常高的人，他很明白诗对人的心灵的潜移默化，诗写得越好，就越能征服人心；而人越沉迷于诗，离理性和善就越远。……柏拉图觉得诗是建设"理想国"的障碍。因为诗让人玩味悲伤，欣赏痛苦，一个追求善的人应该远离诗，而一个深明事理统治万民的"哲人王"应该驱逐诗。因为善与理性王国的实现，只能依靠理性……柏拉图以一个洞晓人心的哲人的角色表示了对诗的蔑视。

十几年前我们对柏拉图的这些评语，移用于贾政也挺合适。贾政的文学修养甚高，深知他的贾氏理想国会瓦解在"浓词艳诗"之上。除此之外，贾政的焦虑与独断还有另一个时代原因，笔者曾在《红楼人三十种解读·读书人解读》中指出：

唐代科举制度冲击门第贵族制度之后，经过宋明直至清，社会风气已有很大的变化。清朝虽然还保持部落贵族制度，但是科举仍然积极进行，在社会上，人们已看重才干，不那么看重血统，即使是贾府这种贵族之家，也不是个个贵族子弟均可以继承爵位，也需要靠读书获得功名，才能荣宗耀祖，仅靠祖宗吃饭只会让人瞧不起。贾宝玉不喜欢读圣贤书，把心放到诗词、杂书之上，这等于断了读书做官的希望，也意味着贾政的子辈断了豪门雄风，这对贾政便是致命的打击。整个贾府，虽然秦可卿、王熙凤也感受到后继无人的危机，但感受最深、焦虑最深的是贾政。唯有他，明白贾府断后的严重性。

以上的讲述，可以看到，父与子、宝玉与宝钗，关于理念的冲突的背后是一个更为巨大的关于"齐家治国"即关系到家国命运的大事。因此，贾府的孔夫子（贾政、宝钗）的忧虑与焦虑是可以理解的。贾政把宝玉视为"作孽的畜生"（孟子认为"无君无父为禽兽"，在贾政看来，不听话的宝玉也属"无君无父"之列）也是可以理解的。

三

然而，在贾政的独断里，他忽视了贾宝玉并不排斥儒家的原典正典——论语、孟子、大学、中庸。宝玉自始至终尊重"四书"，早在与黛玉第一次见面时（第三回）他就对探春说："除'四书'外，杜撰的太多。"第三十六回，更写了宝玉气愤之下暴露出一个心思："除'四书'外，竟将别的书焚了。"贾宝玉独尊"四书"而鄙视其他经书，原因是在他看来，唯"四书"是原典，是正典，是原形之书；而其他的所谓"正经书"则是伪典，伪形之书。在第十九回中，曹雪芹借袭人之口说出这一秘密。袭人劝诫宝玉时如此说："凡读书上进的人，你就起个名字叫作'禄蠹'；又说只除'明明德'外无书，都是前人自己不能解圣人之书，便另出己意，混编纂出来的。"袭人透露出来的信息非常要紧，它说明贾宝玉确实没有否定"明明德"等圣人之书，即儒家原典，他否定的只是"混编纂"出来的打着圣人旗号而实际上是怀抱"禄蠹"功利之目的的伪形之书。儒家原典尊重人的情欲，到了宋儒那里就变成"存天理，灭人欲"，原形文化与伪形文化之间真有霄壤之别。孔子本身"食不厌精"，到了宋儒那里却变成"饿死事小，失节事大"。在孔孟那里，价值系统坐标是"天、地、君、亲、师"，到了后来就变成"文死谏""武死战"；《论语》《孟子》《大学》《中庸》，本是"做人"的修养书，到了明清王朝时代，就变成八股更变成谋取功名利禄的器具。贾宝玉攻击"四书"之外全是"杜撰"，从理论上说，他是忠实于原典，反叛任意扩张和变质的伪典，几乎是个"原教旨主义者"。可惜贾政看不到这一点，一味打击宝玉。

今天看来，贾宝玉的思路倒是和五四新文化运动一些主将的思路相通。在五四新文化运动主将们的心目中，也是有两个孔子，一个是原型孔子，一个是伪型孔子；也有两种经典，一个是孔孟原典，一个是宋儒及近代儒的伪典。他们要打倒的不是先秦时期的那个教育家孔子，而是被后人伪型化了的孔子。正如李大钊所说：

> 掊击孔子，非掊击孔子之本身，乃掊击孔子为历代君主所雕塑之偶像的权威也；非掊击孔子，乃掊击孔子专制政治之灵魂也。

《李大钊选集·自然的伦理观与孔子》，

人民出版社，1959年，第80页

李大钊这种分清原型孔子与伪型孔子（历代君王所雕塑之孔子）的思路，虽然不能代表陈独秀的思路，但陈独秀们也从未整个否定孔子的价值。他一方面批评分开论，针对"……顾实君，谓宋以后之孔教，为君权化之伪孔教，原始孔教，为民间化之真孔教。三纲五常，属于伪孔教范畴"，他表明："愚以为三纲说不徒非宋儒所伪造，且应为孔教之根本教义。"（《宪法与孔教》，《独秀文存》卷一，上海书店出版社，第107—109页）然而，另一方面他又一再声明："所谓君道臣节，名教纲常，不过儒家之主要部分而亦非其全体。"（《独秀文存》卷一，上海书店出版社，第329页）"孔学优点，仆未尝不服膺。"（《独秀文存》卷四，上海书店出版社，第48页）李大钊把原型孔子与伪型孔子分开，陈独秀则认为伪型孔子与原型孔子也有关联。其实两种说法都有道理。贾宝玉看到"四书"之后被"杜撰"即被伪型化的现象，其思路接近李大钊。他不是反对孔子本身，而是反对利用孔子、把孔子偶像化工具化，以致把孔子（"四书"）当作进入科场名利场的敲门砖。宝钗们劝告宝玉应当"留意于孔孟之间，委身于经济之道"，他听了之所以反感，也是因为孔孟已变质成争夺权力财富功名的器具。他说宝钗"好好的一个清净洁白女儿，也学的钓名沽誉，入了国贼禄鬼之流。这总是前人无故生事，立言竖辞，原为导后世的须眉浊物。不想我生不幸，亦且琼闺绣阁中亦染此风，真真有负天地钟灵毓秀之德！"对宝钗的一番好意竟如此义愤填膺，针对的当然不是孔孟本身，而是那些利用孔孟而谋取功利的"国贼禄鬼"，他恨宝钗竟看不透那些伪孔子，那些打着孔子旗号的沽名钓誉之徒。

四

尽管笔者倾心于贾宝玉和林黛玉，但对贾政也有理解的同情，所以在多年前就写了《小议贾政》的短文，为贾政摘掉"封建主义卫道士""伪君子"等帽子。尽管他也曾因私情而推荐贾雨村，但总的说来，还是个"正人"，清廉严正，品行端正，是一个不走邪门歪道的人。他让我最不能接受的地方，是在宝玉面前总是摆出那副刻板刻薄的"父亲相""寿者相"。父道尊严固然可以理解，但把这种尊严诉诸面具、棍棒和辱骂（全是语言暴力）却不妥当。

我之所以同情贾政，还因为贾宝玉尽管心灵极为纯粹，在"真谛"上不愧为曹雪芹的"梦中人"（理想人格），但在"俗谛"上即在现实生活中，他的确又是一个贵族的纨绔子弟，"游手好闲"的豪门浪子。才一周岁，家里要试他将来的志向，把世上所有之物摆得无数，给他抓取，他竟一概不收，伸手只把脂粉钗环抓来。人生之初，他就如此"好色"，进入童年、少年时代，他更是只在"女儿国"里厮混，既想拥有宝钗之仙姿，又想拥有黛玉之灵巧，既到秦可卿那里做"淫幻"梦，又与花袭人初试云雨情。见了鸳鸯就向她讨嘴上的胭脂吃，见了宝钗胸前丰满的肉，则痴想移植一块给林妹妹。作为富贵闲人，以"闲"悬搁功名利禄之思诚然宝贵，但"闲"得不知人间烟火、生计艰难也确实过分。《论语》说：君子应有三戒，"少之时，血气未定，戒之在色；及其壮也，血气方刚，戒之在斗；及其老矣，血气既衰，戒之在得"（《季氏》第十六）。宝玉的优秀，是他从未涉入"斗"与"得"（贪婪）的恶性循环之中，但少年时代缺乏"色戒"意识倒是事实。所以一经贾环挑拨，便酿成贾政"下死笞楚"的惨剧。

曹雪芹很了不起。他作为天才作家，小说虽也写大梦大浪漫，但基本写法则是逼真的现实主义，每个人都写得极为真实。写贾宝玉更是写得极为丰富又极为自然。贾宝玉是人，不是神。他的心灵纯正得近乎神性，但他的身体毕竟也有七情六欲的要求。一个活生生的年轻生命，生活在一个大富大贵之家，并被许多聪颖美丽的女孩子所包围，他的种种"纨绔"行为也可理解。

　　在"俗谛"上，笔者既同情贾政，也同情贾宝玉。但应看到，贾政带着强烈的功利之心要求宝玉时所用的尺度并不是儒家原典的尺度，而是宋儒的尺度和他那个时代迎合仕途经济需要的清儒尺度。以对待诗与《诗经》的态度而言，孔子亲自删诗留下三百首编成《诗经》，并说："诗三百，一言以蔽之，思无邪。"（《为政》第二）孔子那个时代，诗是贵族社会交往的通行证，《左传》、《古史辨》（顾颉刚）、《管锥编》（钱锺书）中均有说明。而贾政因当时的"科举"没有诗试一项（如果在唐代就不同了），就专横独断地一概驱逐诗歌，以致牵连到《诗经》，这显然是被科举迷住了心窍。第九回里，贾政问跟随宝玉上学的李贵等，这段故事不妨照录于下：

　　　　贾政因问："跟宝玉的是谁？"只听外面答应了两声，早进来三四个大汉，打千儿请安。贾政看时，认得是宝玉的奶母之子，名唤李贵。因问他道："你们成日家跟他上学，他到底念了些什么书！倒念了些流言混语在肚子里，学了些精致的淘气。等我闲一闲，先揭了你的皮，再和那不长进的算帐！"吓的李贵忙双膝跪下，摘了帽子，碰头有声，连连答应"是"，又回说："哥儿已念到第三本《诗经》，什么'呦呦鹿鸣，荷叶浮萍'，小的不敢撒谎。"说的满座哄然大笑起来。贾政也撑不住笑了。因说道："那怕再念三十本《诗经》，也都是掩耳偷铃，哄人而已。你去请学里太爷的安，就说我说了：什么《诗经》古文，一概不用虚应故事，只是先把'四书'一气讲明背熟，是最要紧的。"李贵忙答应"是"，见贾政无话，方退出去。

贾政竟然把读《诗经》视为"掩耳偷铃"的哄人行径，这显然是违背孔子的尊诗态度而一味只顾拿"四书"当敲门砖的急功近利态度。因此，我们用儒家文化视角看宝玉，绝对不能用贾政的眼光来看宝玉，倒是应当扬弃贾政的眼光而回到儒家原典的眼光。如果我们用《论语》的眼光与尺度看宝玉，就会清楚地看到，尽管贾宝玉属于道家的理想人格而不属于儒家的理想人格，但仍然可以断言，贾宝玉不失为尊重儒家原典并属于孔子所赞美的"君子"与"仁人"，而且是真君子、真仁人。

作为儒家第一经典的《论语》，它要求的理想人格，包括"治世"与"做人"两个方面（内圣外王）。贾宝玉与"治世"无关，他完全置于"治国平天下"之外，毫无圣王人格的味道，和儒家理想人格沾不上边。但是就"做人"而言，他却是一个孔子反复定义的君子与仁人。

关于"君子"与"小人"之分的讲述，可以说是弥漫整部《论语》，俯拾皆是。"君子寓于义，小人寓于利。"（《里仁》第四）"君子周而不比，小人比而不周。"（《为政》第二）"君子坦荡荡，小人长戚戚。"（《述而》第七）"君子泰而不骄，小人骄而不泰。"（泰即尊严，《子路》第十三）"君子和而不同，小人同而不和。"（《子路》第十三）"君子上达，小人下达。"（《宪问》第十四）"君子求诸己，小人求诸人。"（《颜渊》第十二）"君子固穷，小人穷斯滥矣。"（《卫灵公》第十五）"君子成人之美，不成人之恶，小人反是。"（《颜渊》第十二）还说"君子矜而不争，群而不党""君子负而不谅""君子不器""君子耻其言而过其行"等等。我们不必用孔子的话作为绝对尺度去丈量宝玉，但从总体上完全可以说，宝玉之为人，处处与孔子的君子要求相通相合。这里应当特别提到的是孔子所言的一种君子特征，即对任何人都不存在敌意的"四海之内皆兄弟"的博大的情怀，这种情怀在宝玉身上可说是大放光彩。《论语》曰："君子之于天下也，无适也，无莫也，义之与比。"（《里仁》第四，意思是说，君子对待天下，从不存敌意，也不刻意羡慕，仅以情理作为行事准则）又说："君子敬而无失，与人恭而有礼。四海之内，皆兄弟也——君子何患乎无兄弟也？"（《颜渊》第十二）在中国文学塑造的正面形象群中，贾宝玉可以说是唯一具有"四海之内皆兄弟"大情怀的人，他爱一切人，容纳一切人，宽恕一切人，心目中没有敌人，也没有坏人（本书上篇已有论述，此略）。鲁迅曾批评赛珍珠（布克夫人）把《水浒传》译为《四海之内皆兄弟》，不妥当，因为水浒英雄仅把山寨之内（一百零八将）的同伙视为兄弟，而对寨外的各类生命则常常乱砍乱杀，甚至"不分青红皂白，排头砍去"（鲁迅语），并无真正的"四海之内皆兄弟"的胸襟。《三国演义》中的英雄刘、关、张于桃园结义后成了兄弟，可是桃园之外，特别是集团之外则只讲"利"而不讲义。刘璋以为刘备是同宗兄弟，结果自取灭亡。在贾府之内，能有"四海之内皆兄弟"情怀的也只有宝玉一人。宝钗这个"冷人"，没有这种宽广心胸自不必说。黛玉"懒与人共"，喜散不喜聚，也谈不上什么"四海"。而贾赦等势利权贵则相去十万八千里。即使正派人贾政，也是内外有别，等级分明，他痛恨宝玉与戏子等底层人物为友，不仅不把"三教九流"视为"兄弟"，连视为"人"也不肯。在他眼里，宝玉与琪官（蒋玉菡）、柳湘莲、云儿等为友，简直是斯文扫地。这个贾府中的儒统代表，根本不理会老祖宗孔夫子要求的真君子，恰恰需要具有"四海之内皆兄弟"的博大情怀。

贾政不仅不知道自己的儿子是个真君子，而且不知道他又是个真仁人。

《论语》中论"仁"处也比比皆是，恐怕不下一百处。李泽厚先生在海外（尤其是最近十年）的主要研究成果之一，是揭示中国文化与西方文化的根本区别乃是"一种文化"（中国文化只有现世文化、人文化）与"两种文化"（西方拥有人文化与神文化，现世文化与彼岸文化）的区别。而这种区别的源头来自中国的"巫史传统"。这一传统的形成有两位功勋卓著者：一位是周公，他把巫理性化为制度，从而实现了由巫而理的转变；另一位是孔子，他进而把外在制度内化为"仁"（内化为道德），从而实现了从理到仁的转变。《论语》便是以"仁"为核心价值的伦理体系。中国只有天道，没有天主，而这天道又具体化为孔子创造的道德文本。所以孔子在《论语》中一再定义"仁"，定义很多，但关键之处他又回答得极为简明且斩钉截铁。《颜渊》第十二中，樊迟问仁，孔子曰：爱人。

樊迟问知，子曰：知人。另一处又曰："弟子，入则孝，出则弟，谨而信，泛爱众，而亲仁。"（《学而》第一）倘若以"爱人""泛爱众"作为"仁人"尺度，那么，我们把宝玉界定为"仁人"极妥当。只是《红楼梦》一开篇，曹雪芹借贾雨村之口，对"仁人君子"的定位太高。在此定位中，仁人君子乃是"大仁"之人，与"大恶"之人相对立而成为历史的另一系列。宝玉只属生于公侯富贵之家的"情痴情种"，与生于诗书清贫之家的逸士高人同属中道之人。这些中道人才，无法与尧、舜、禹、汤、文、武、周、召、孔、孟、韩、周、程、张、朱相比，但可与前代之许由、陶潜、阮籍、嵇康、刘伶、王谢二族等相提并论。曹雪芹暗示，贾宝玉不属于大仁大恶，但属许由、陶潜、阮籍、嵇康一流人物。其实，这一层面的风流人物，正是庄子所梦的"真人""至人"，但用儒的语汇描述，也可称为"仁人君子"（不理会贾雨村的排列定性）。如果我们放下这些各自描述理想人格的概念，把宝玉还原为活生生的现实中人，那么，宝玉就是宝玉，他就是一个至真、至善、至美的人，就是一个带有释之佛心（大慈悲）、道之逍遥（大自由）、儒之仁厚（大正派）的好人精彩人。

结　语

　　以上三篇，我们分别从释、道、儒三种文化视角来审视贾宝玉和描述贾宝玉，但这只是为了分析的需要。而贾宝玉这个形象本身则是一个完整的存在。用《道德经》的话（"大制不割"）说，宝玉是一个不可分割的大制，说他是"准释迦"，是"真人"，是"仁人"，都是一种描述，但不管怎么描述，宝玉就是宝玉，宝玉是中国伟大作家曹雪芹创造出来的人物形象，是他的审美理想与人格理想，也是他提供给人类世界一个前所未有的文学巨制。

　　西方文艺复兴运动之后五百多年，地球上最伟大的发明和创造都是欧洲提供的。不仅科学技术，连最精彩的哲学、历史学、伦理学、文学、艺术，也是欧洲提供的。就文学而言，他们提供了《神曲》（但丁）、《哈姆雷特》（莎士比亚)、《堂吉诃德》(塞万提斯)、《悲惨世界》(雨果)、《浮士德》(歌德)、《战争与和平》(托尔斯泰)、《卡拉马佐夫兄弟》(陀思妥耶夫斯基)等，相应地又提供了朱丽叶、罗密欧、奥赛罗、麦克白、哈姆雷特、堂吉诃德、冉阿让、浮士德、安娜·卡列尼娜、阿廖沙等不朽的、让人永远阐释不尽的伟大文学形象。在这五百年里，尽管地球的精华向西方(欧洲)倾斜，但中国还是提供了一座与上述高峰同一水准的"并列高峰"(雨果语)，一个也是永远不朽、永远让人说不尽的伟大作家、作品和文学形象，这就是曹雪芹和他的《红楼梦》及主人公贾宝玉。一切都会消失，唯有《红楼梦》与贾宝玉是永存的。

着笔至此，我又想起聂(绀弩)老念念不忘《红楼梦》是一部"人书"，他曾假设五四新文化运动要是能把《红楼梦》作为一面旗帜就好了。这是何等深刻的见解。我明白，他说的"人书"，乃是"人的解放"之书，而贾宝玉又是这部人书的第一主角，当然也是"人的解放"的旗帜与符号，它既蕴含着曹雪芹的梦想，也蕴含着聂绀弩的梦想。这是关于人的所有梦想。人如宝玉，人如黛玉，人如妙玉。人生而衔玉，人本身就是奇迹。因此人生而平等，人生而自由，人生而尊严，人生而多彩多姿。人生而不是奴隶，人生而不是牛马，人生而不是丫鬟，人生而不是小妾。人生而不应有家禽的恐惧，人生而不应有"精神奴役的创伤"（胡风语），人生而不应有前世留下与今世强加的罪名，人生而不应充当权力、金钱、功名、概念、八股教条的囚徒与器具。

《红楼梦》这部"人书"包含着西方文艺复兴的全部内涵，贾宝玉这个形象则暗示着"人的解放"的全部要点。聂（绀弩）老所以在临终时会有"春蚕到死丝未尽"的遗憾，正是他充分意识到贾宝玉这个形象所负载的是千百万心灵的歌哭，所象征的又是千百万生灵的呼唤与期待。

2013年4月18日

美国科罗拉多

附

录

中国文学第一经典的旷世知音

《周汝昌传》二版序

一

曹雪芹是中国文学的第一天才，即最伟大的天才，而他的著作《红楼梦》则是中国文学的第一经典。首先如此肯定曹雪芹的无比崇高地位的是周汝昌先生。他在1953年出版的《红楼梦新证》中，其《引论》就如此判断：

曹雪芹是中国第一流现实主义的天才小说家之一，《红楼梦》是世界伟大文学作品行列中的一部非凡作品。正如意大利人一提到但丁，英国人一提到莎士比亚，苏联人一提到托尔斯泰而感到骄傲一样，我们中国人也就以同样的骄傲感而念诵曹雪芹的名字。

但丁、莎士比亚、托尔斯泰都是他们的祖国所确认的第一天才，也是永远引以骄傲的精神天空。五十多年前，周汝昌先生对《红楼梦》的认识就如此走上制高点，五十年后，这一认知成了共识之后，他又道破《红楼梦》的四项伟大究竟，即："曰思想情感之伟大；曰学识广博之伟大；曰气味品格之伟大；曰才情诗境之伟大。"(《红楼十二层》，书海出版社，2005年，第82页)所以我称他为中国第一文学天才的旷世知音。然而，周先生作为知音还不仅是这一崇高而准确的判断，更令人感动的是，他从少年时代开始，就不喜欢《三国演义》而热爱《红楼梦》，并从青年时代开始就把全部生命、全部才华贡献给《红楼梦》研究。六十年钩沉探佚，六十年呕心沥血，六十年追求《红楼梦》真理，真是可歌可泣，可敬可佩。

本就敬佩周汝昌先生，现在读了周先生的私淑弟子梁归智教授的《周汝昌传》，才知道周先生原来就是一个贾宝玉，一个贾宝玉式的赤子，一个贾宝玉式的婴儿，一个贾宝玉式的痴人，一个"真真国"里的真真人。难怪他一生都做曹雪芹这一伟大"神瑛"的赤诚痴心"侍者"。梁归智先生这部传记写得真好，不仅写出周先生这个"学者"，而且写出周先生这个"人"、这颗"心灵"。很惭愧，由于沧海之隔，再加上自己的方法是"直觉"红楼文本，极少参照国内红学研究著作，因此，在读"传"之前，我竟然没读过梁先生的著作。近日连续读他的三部著作（除"传"外还有《红楼疑案》《禅在红楼第几层》），才惊讶于周先生竟有这样一个有学问、有见地、考证悟证功夫兼备的"接班人"，更高兴的是梁先生对"红楼"的认知，尤其是对禅在红楼的重要位置的认知，完全和我相通。说"秀才不出门，全知天下事"，看来不对，我躲藏在落基山下的"象牙之塔"之中，就完全不知梁先生早已"紧跟"导师开创了《红楼梦》探佚学，也不知道他不仅有师承的高强考证功夫，而且早已意识到，百年来的《红楼梦》研究，缺少的是灵魂，是主体精神，是文化哲学，此一见解何等宝贵！这次阅读归智兄书籍很有收获，虽隔重洋，但我与他产生了一次灵魂的共振，他的"传"写得这么好，我相信，其意义将远超于对周汝昌先生个人的评价。《红楼梦》对中华民族未来的影响不可估量，梁先生参与的是这一不可估量的事业。

二

对于周汝昌先生，一般的认识是只知道他是《红楼梦》的考证家而不知其余。不错，周先生首先是以《红楼梦新证》而名闻天下，但是，这部《新证》可是非同小可。

这部巨著超越了它之前的任何考证成就，包括超越胡适先生与俞平伯先生。胡先生与俞先生是值得我们敬重的，经过胡适的考证，鲁迅与我们这些后人才知道《红楼梦》的作者是曹雪芹，才知道《红楼梦》是一部文学化了的"作者自叙"（鲁迅语），贾宝玉即曹雪芹的人格化身。然而，此说是不是真理，还是有很多人不相信，不仅不相信，而且还大规模地声讨此说乃是异端邪说。在此语境下，周汝昌先生以惊人的毅力和惊人的实证本领，开掘出曹家历史和抄本、文物等大量材料，再次证明，曹家乃是小说《红楼梦》的生活原型，曹雪芹本人又是主人公贾宝玉的原型。《红楼梦》开篇就写"甄士隐"和"贾雨村"两个人物，曹雪芹以此暗示，这部小说是"真事隐"和"假语存"，在小说语言（假语）的覆盖下是真实的故事。当然，既然是文学，故事情节与生活原貌不可能完全相等。不过，所有醉心于《红楼梦》的读者，都天然地渴求知道小说故事背后到底还"隐"了什么真事，曹雪芹没有写完的故事是什么故事，这就形成了考证的文化心理前提。对此，胡适敢为天下先，第一个吃了螃蟹，其功永不可没。俞平伯先生和周汝昌先生显然都受其影响，都继续胡适"开创"的事业。可惜俞先生的考证太重情趣，格局不够大。而周汝昌先生则以《红楼梦新证》闯出新格局，也形成考证的大气象。到了周汝昌先生这里，人们再也不能不承认《红楼梦》

乃是曹雪芹的自传体小说，是加上"想象"与"审美形式"的艺术化了的"自传"。周汝昌先生从《新证》开始，接着又用数十年的功夫深化研究，结果创造了曹学、版本学、脂学、探佚学互参的红学四维结构，把考证推向高峰。可以说胡适是《红楼梦》考证的开创者，而周汝昌先生则是总集成者。

读了梁归智先生的《周汝昌传》，我还明确了原先的一个看法：周先生的成就不只是考证。今天借此作序的机缘，我想用八个字来评价周汝昌先生，这就是"总成考证，超越考证"。周先生的超越，是他对《红楼梦》的伟大价值具有真知灼见的发现，他不像胡适那样，虽有考证功夫却无敏锐的艺术感觉，胡适竟然认为"《红楼梦》比不上《儒林外史》；在文学技术上，《红楼梦》比不上《海上花列传》，也比不上《老残游记》"，甚至认同"原本《红楼梦》也只是一件未成熟的文艺作品"（1960年11月20日致苏雪林信），胡适这话未免离真理太远。与胡适相似，俞平伯先生也怀疑《红楼梦》是不是一流作品。而周汝昌先生则一再论证，说明《红楼梦》乃是"一部空前奇丽、石破天惊的伟著巨构"，曹雪芹乃是"前无古人，后无来者"的天才，他的这些出自心灵深处的认知，其文学眼力和思辨能力都远在胡、俞之上，也远在当今许多红学家之上。深刻的真知逼迫他不得不对胡适和俞平伯两先生提出质疑。他感激胡适，又批评胡适，这完全是"吾爱吾师，但更爱真理"的情怀。至于在全国性的批胡批俞的大潮流中，他的某些悲剧性表态，我想，我们只能给予理解的同情。

就我个人的体验而言，我在著写"红楼四书"时，固然重新阅读《红楼梦新证》，沉浸于生活原型的想象快乐之中，也常常与李泽厚先生谈论《新证》中的趣事。泽厚兄不研究《红楼梦》，但在《美的历程》中对《红楼梦》做过精彩的评价，此后也对《红楼梦新证》做了高度的评价，可惜后者仿佛只对我一个人发表。二十年来，他多次对我说："《新证》考证功夫远超前人与今人。我比较相信《新证》中所讲的史实。《新证》说明，曹家的衰败，完全是政治变故的结果，而不是胡适所说的自然趋势。周汝昌显然比胡适深刻，比胡适更有见解。"我非常认同李先生的评价，觉得周先生不仅开掘出他人难以企及的史料，而且具有不同凡响的史识与诗识。二十年来，我无论是读周先生的《新证》，还是读周先生的《曹雪芹小传》《曹雪芹新传》《红楼家世》《红楼梦与中华文化》等著作，都从中吸取了丰富的思想营养，这些营养概括起来，大约有三点：（1）确认《红楼梦》乃是空前启后的中国文学的最伟大的作品；是人类世界精神水准的伟大坐标之一。（2）一切考证、探佚的最终目的是为了把握《红楼梦》的无量文学价值；（3）感悟《红楼梦》关键是感悟其无人可比的精神境界，而不是什么"文学技术"之类。最后一点，周先生直接启发了我和女儿剑梅进行一场"关于第三类宗教的讨论"（《共悟红楼》第九章）。我完全没有想到，周汝昌先生竟然提出一个在我心中久久回荡的"大问题"，给我以极大的震撼。周先生在纪念曹雪芹逝世二百三十周年的学术讨论会上说，曹雪芹是一个抵达创立宗教水平的思想家、哲学家，是相当于释迦牟尼和孔子一级的大哲士。他坦率地说：

> 雪芹文化思想，在十八世纪初期，对中国文化是一种启蒙和革命的思想，其价值与意义和他的真正历史位置，至今还缺乏充分深入的探索和估量。整整九十年前陈蜕先生提出了曹雪芹是一"创教"的伟大思想家的命题，创教者，必其思想境界之崇伟博大异乎寻常而又前无古人，如孔子、释迦等人方能膺此光荣称号者也，陈蜕所见甚是，而九十年中，并无一人知其深意而予以响应支持，则不能不为民族文化识见之趋低而兴叹致慨。

《东方赤子·大家丛书：周汝昌卷》，

华文出版社，1999年，第291页

周先生这篇文章，我在出国之前仿佛读过，但没有特别留心。出国后，我把《红楼梦》作为"生命体认对象"（非研究对象），让自己的情感、心灵参与其中，才读出贾宝玉乃是准基督、准释迦，才明白《红楼梦》具有宗教式的博大情怀和大慈悲精神。在此基础上，我重读周先生这篇文章，真是激动不已。阅读后的瞬间，我真想告诉所有热爱《红楼梦》的朋友一句话："我和周汝昌先生在《红楼梦》的天地大境界上相逢了。"相逢后可能会有论辩，但最重要的是我和"中国最伟大的特异天才小说家"（《曹雪芹新传》自序）曹雪芹的旷世知音在一个类似宗教的大境界中相逢了。上边引述的那段话里，周先生找到一种可以表述《红楼梦》之无比宏伟的语言。这不是"超越考证"是什么？

　　周汝昌先生能抵达这一境界，不是考证的结果，而是悟证的结果。换句话说，这不是"头脑"的结果，而是心灵的结果。正如归智先生在"传"中所说："周汝昌研究《红楼梦》，只是凭着一颗天赋以诗才、哲思、史识的心灵，在搜集的大量史料和小说文本之间游曳感受，与作者曹雪芹做心魂的交流，这样得来的所感所见，自然与那些在新旧教条笼罩下的研究者大为不同。很自然，他的所感所见，也就不能为那些研究者所认同和理解了。"周先生用"天赋的心灵"去和曹雪芹交流，以心传心，以心发现心，这便是悟证，便是超越考证的悟证。所以我除了用"总成考证，超越考证"八字之外，还要用另外八个字来评价周先生，这就是：

　　考证高峰，悟证先河。

　　二十年来，我在阅读《红楼梦》和写作"红楼四书"时，用悟证取代考证与论证，着意使用另一种方法和语言，使悟证更具规模，但这种"以心发现心"的方法，其实周汝昌先生已开了先河。他在《红楼十二层》中说：悟性——比考证更重要。为表达这一意思，他特作诗云："积学方知考证难，是非颠倒态千般。谁知识力还关悟，慧性灵心放眼看。"说得多么好！倘若局限于考证或实证，周先生绝不可能重新提出陈蜕九十年前的大问题与真问题，也绝对不可能成为中国文学第一天才的卓越知音。

三

　　我如此高度评价周汝昌先生研究《红楼梦》的成就，并不等于说，我和周汝昌先生的学术观点完全一致。很可惜，我一直未能赢得一个机会直接向周先生请教，如果有这样的机会，我一定会坦率地告诉他，有三个问题老是让我"牵肠挂肚"，很想和他讨论，也可以说是商榷。第一，关于后四十回即高鹗续作的评价。众所周知，周先生以极其鲜明的态度彻底否定高鹗的续作，认定高氏不仅无功，而且有罪。而我却不这么看，我认为周先生的否定只道破部分真理，也就是高鹗续书确实有许多败笔，例如让宝玉与贾兰齐赴科场而且中了举，让皇帝赐予"文妙真人"的名号与匾额，这显然与曹雪芹原有的境界差别太大。但是，后四十回毕竟给《红楼梦》一个形而上的结局，即结局于"心"。（当宝钗和袭人还在寻找丢失的通灵玉石时，宝玉声明：我已经有了心了，要那玉何用！）第一百二十回写"急流津觉迷渡口"，贾宝玉早已觉悟而远走高飞，贾雨村却徘徊于江津渡口，虽与甄士隐重逢，并听了甄的"太虚"说法，但还是不觉不悟，昏昏入睡。至此，是佛（觉即佛）是众（迷即众），便见分野了。这种禅式结局乃是哲学境界，难怪牟宗三先生对后四十回要大加赞赏。第二，周先生自己的研究早已超越考证，不知道为什么在定义"红学"时，却把红学限定于考证、探佚、版本等，而把对《红楼梦》文本的鉴赏、审美、批评逐出"红学"的王国之外，这是不是有点像柏拉图把诗人和戏剧家逐出他的"理想国"？第三，周先生发现脂砚斋可能就是史湘云。在"真事隐"的故事中，最后是贾宝玉与史湘云实现"白首双星"的共聚，这很可信，但周先生却由此而独钟湘云，以致觉得《红楼梦》倘若让湘云取代黛玉为第一女主角会更好。这类细节问题，我心藏数个，很想与周先生"争论"一番，可惜山高路远，这种求教的机会恐怕不会有了。想到这里，真是感到遗憾。出国之前，一代红学大师就在附近，我在北京二十七年，竟未能到他那里感受一下他的卓越才华与心灵，这是多大的损失呵。此时，我只能在落基山下向他问候与致敬，并想对他说："周先生，您是幸福的，因为您的整个人生，都紧紧地连着中华民族最伟大的生命与天才。"

2010 年 8 月 31 日于美国

天上星辰，地上红楼

一

　　人民日报《环球人物》杂志社和九州出版社，两家联合重印程乙本《红楼梦》（姑且称为联合版），是个很好的消息。我喜欢一百二十回的程乙本。先前我感悟与讲述《红楼梦》，也常依据以程乙本为底本的校注本（有时也依据以程甲本为底本的排印本）。

　　喜爱《红楼梦》的人，都知道《红楼梦》的版本有两大脉络。一是"脂本"脉络。所谓脂本，是指流行于乾隆十九年（1754）至五十六年（1791）的八十回抄本，因附有脂砚斋（曹雪芹的友人或亲人）的眉批，所以称作"脂本"。现在可以知道的脂批《石头记》抄本就有十种以上，包括甲戌本、庚辰本、己卯本、《红楼梦稿》本、戚序本（戚蓼生序）、舒序本（舒元炜序）、梦序本（梦觉主人序）、蒙府本（蒙古王府）、靖藏本（南京靖应鹍，已遗失）、列藏本（列宁格勒）及南京图书馆藏本、郑振铎藏本等。二是"程本"脉络，也可称作"程高本"脉络。程即程伟元，高即高鹗。全书一百二十回，由程伟元于乾隆五十六年初次以活字排印，简称程甲本。第二年又用活字排印修订稿，通称程乙本。"程本"因为有高鹗的四十回续书，变成一百二十回。也因为有了续书，《红楼梦》的故事便呈现出完整形态。因此，后来各种一百二十回的《红楼梦》版本，均以程甲、程乙两本为基础，甚至署名为曹雪芹、高鹗著。高鹗（1738—1815）其人，字兰墅，别署"红楼外史"，汉军镶黄旗人，乾隆六十年（1795）进士，官至翰林院侍读。关于高鹗续写的《红楼梦》后四十回，历来争议很大。有的认为，后四十回大体上是曹雪芹散失的遗稿，根本说不上"续"，顶多算是"整理"；有人认为，红楼续书的艺术水平与原书（前八十回）相差太远，高鹗的续写不仅无功，而且有罪——糟蹋了原著。也有人认为，《红楼梦》的续书很多，唯有高鹗的续写抵达原著水平，并使《红楼梦》形成完整结构，其功不可没。面对纷纭的众说，我从未做过褒此抑彼的判断，只维护"一部红楼，各自表述"的自由权利。然而，今天我则要表明：（一）

我相信程伟元序文里说的话是真话。他说："……然原本目录百二十卷……，爰为竭力搜罗，自藏书家甚至故纸堆中，无不留心。数年以来，仅积有二十余卷。一日，偶于鼓担上得十余卷，遂重价购之。……然漶漫不可收拾，乃同友人细加厘剔，截长补短，钞成全部，复为镌板以公同好。《石头记》全书至是始告成矣。"相信此言，意味着：《石头记》八十回抄本之后还有遗稿，但散失于民间。程、高二人先是做了"搜罗"（搜集）工作，后又做了"整理""剪裁""钞写"等工作。后一项工作，用今天的语言表述，便是"续编"与"续写"。总之，没有程伟元与高鹗的重整、重编、补全，就没有今天完整的一百二十回《红楼梦》全书。除了相信程序所言之外，（二）我相信程、高二人对散失佚稿的"搜""剔""截""补"，不仅是个"续编"过程，也是一个"续写"过程。因此，说《红楼梦》全书"前八十回为曹雪芹原著，后四十回为高鹗续书"之说，可以成立。基于此，我不仅要以鲜明的态度肯定高鹗的续编续写之功，而且认为，这是人类文学创作史上的一种奇观。

二

今年四月，香港诚品书局（台湾诚品书局的香港分部）

邀请我和白先勇先生就《红楼梦》做一对话。这一设想，十分美好。先勇兄去年刚推出《细说红楼梦》大著，特寄赠我一部。这是他在美国加州大学圣芭芭拉分校二十九年及台湾大学三个学期的教学成果，也是他一生不断阅读的重要心得，能以此书为主要话题与他对谈，乃是一次极好的学习机会，可惜因为我身在美国，路途太远，力不从心，实在无法为此而做一次万里飞行，只好作罢。诚品书局之所以让我与白先勇兄对话，大约有两个原因：一是我和先勇兄本是好友，彼此相互敬重已久，对话当然会十分愉快；二是先勇兄和我都很喜欢《红楼梦》的程乙本，并且都充分肯定高鹗的四十回续书。先勇兄是当代中国的一流作家，自己有丰富的创作经验与敏锐的文学感觉，他不赞成张爱玲贬抑高鹗续书（张爱玲著有《红楼梦魇》，并为不能读到曹雪芹的全本而感到终生遗憾），为能够读到程高全本而感到人生充满喜悦，并通过文本细读，一回一回地讲述，娓娓道来，真引人入胜。倘若有机会对话，我当会讲些与他的共通共鸣之处，包括巨著中的哲学意蕴。但我们的阅读方式与阅读重心有所不同，也就难免有些歧见。例如，对于第二十二回，我认为这是全书的文眼。林黛玉看出贾宝玉禅偈之弱点，在宝玉的"你证我证，心证意证。是无有证，斯可云证。无可云证，是立足境"二十四字禅偈之后再加"无立足境，是方干净"八个字，极为重要。可惜先勇兄却未论此一情节。我一再说,《红楼梦》两个主人公贾宝玉和林黛玉的内心相通,相思相恋;但一个修的是"爱"的法门(宝玉),一个修的是"智慧"的法门(黛玉),很不相同。在智慧层面上,黛玉处处都高宝玉一筹,补加"无立足境,是方干净",也是智高一筹的明证。这一加,显示她已进入庄子的"无待"境界,即完全独立不依的境界。而宝玉则还徘徊在"立足境"之有待境界。诸如这样的认识,我真想与先勇兄商讨。

尽管我和先勇兄对《红楼梦》的阅读方法与认知方法有所不同(大约是微观文本细读与宏观精神把握的差异),但对高鹗续书的看法则十分相近。我缺少先勇兄的创作才华与书写敏感,但也深知高鹗实在不简单。我早就认同林语堂先生对续书的肯定(参见林语堂:《平心论高鹗》,1958年)。但直到今天,才得以充分表述。《红楼梦》问世之后续书很多。据我曾寄寓的文学研究所老研究员孙楷第先生的查考,《红楼梦》续书就有《后红楼梦三十回》《续红楼梦三十卷》《续红楼梦四十卷》《绮楼重梦四十八回》《红楼重梦》《红楼复梦一百回》《红楼圆梦三十回》《红楼梦补三十二回》《红楼幻梦二十回》《红楼梦别二十四回》《红楼后梦》《红楼再梦》等。而一栗先生(《红楼梦资料汇编》编者)则列出更多书目:《后红楼梦》《续红楼梦》《绮楼重梦》《红楼复梦》《红楼圆梦》《红楼梦补》

《补红楼梦》《增补红楼梦》《红楼幻梦》《新石头记》《红楼残梦》《红楼余梦》《红楼真梦》《红楼梦别本》《新续红楼梦》《红楼三梦》《红楼后梦》《红楼再梦》《红楼续梦》《再续红楼梦》《三续红楼梦》《红楼补梦》《红楼梦醒》《疑红楼梦》《疑疑红楼梦》《大红楼梦》《红楼翻梦》《红楼二尤》《姽婳将军》《林黛玉笔记》等。而依据《红楼梦》所改编的各种戏曲，更是多得难以计数。但是众多续书，能经得起时间（历史）筛选和读者筛选的，唯有高鹗续作（或续编）的四十回作品。

三

我不仅不是红学家，而且不把《红楼梦》作为研究对象（只作为心灵感应、感悟对象和欣赏对象）。也就是说，对于《红楼梦》，我不做主客分离的逻辑分析，只由主体（接受主体与对象主体）去做"心心相印"，总之，我是享受《红楼梦》的大众的一员，而不是辛苦查考钻研《红楼梦》的小众的一员。相应地，在方法上也只是对前人提供的小说文本和研究成果再做悟证，不做考证与论证。但对《红楼梦》问世之后的一切考证与论证我都衷心尊重，用心领会。哪怕像蔡元培先生那种偏颇的考证（证其巨著具有反清复明的民族主义倾向），我也尽可能去理解，绝不轻薄嘲笑。我早已声明，我讲述《红楼梦》，完全是自身的生命需求，毫无外在目的。如果说有什么学术"企图"的话，那也只是想把《红楼梦》的探索，从考古学与意识形态学拉回文学。所以在讲述中，既不设置政治、道德法庭，也不设置考古实证法庭，只确认"审美法庭"，即只做文学阅读与审美判断。对于高鹗的续书，我之所以肯定它，敢说它是文学创作史上的"奇观"，也是出于审美判断。所谓审美判断，既不是独断，也不是武断，而是"诗断"，即文学判断。也可以说，既不是考证，也不是论证，而是"诗证"，即艺术鉴赏和艺术鉴定。以往讨论高鹗续书时，大都用考证、论证的方法，讨论的中心是它的真伪、可否（是否可能，如俞平伯先生早在1922年就发表《论续书底不可能》）等。这种方法乃是"外证"方法。而我则使用文学批评的"内证"方法，只论美丑与艺术水平，只重文本鉴赏，不在乎文章出自谁的手笔，只要写得好就可以。从青年时代开始，我一直像王国维、胡适、鲁迅那样，把一百二十回作为一部完备的艺术整体来鉴赏，从未觉得后四十回与前八十回有什么天渊之别。说句实在话，四十年前我阅读何其芳作序的人民文学出版社的版本时，还不知道红学界关于后四十回的续书有那么大的分歧与争议。过了若干年，虽明了红学界的争论焦点，也不喜欢续书中"兰桂齐芳"和"沐皇恩延世泽"等俗笔，但并不觉得续书有什么致命伤。此时，我离争论的双方都很远，只是进入纯粹的文学阅读（诗鉴），而且是带着"原著与续著有何差别"的问题进行阅读与判断。读后鉴后，更是理性地认定，后四十回的续作，其文心（审美大局）与前八十回并无根本不同。也就是说，续书大处站得住脚；小处虽有疏漏但可以原谅。小处的俗笔甚至可称败笔的，除了人们常说的"兰桂齐芳"之外，我还觉得宝玉出走后，又写了皇上钦赐匾额，追封宝玉为"文妙真人"，实属画蛇添足，完全没有必要。所谓真人就无须"文妙"俗号，既是"文妙"，便非真人。我尽可能挑剔高氏续书的瑕疵，但最后还是觉得，鲁迅的评价是公平的。他说："后四十回虽数量止初本之半，而大故迭起，破败死亡相继，与所谓'食尽鸟飞独存白地'者颇符，惟结末又稍振。"（《中国小说史略·第二十四篇清之人情小说》）所谓"大故迭起"，意思是说，后四十回，情节密集，大事件一桩接一桩，大故事一个接一个：宝钗出闺，金玉合成；黛玉泪尽，焚稿而亡；宝玉思念，痛触前情；元妃薨逝，贾府抄检，贾母树倒，妙玉遭劫，凤姐病故，甄贾相逢，宝玉出走，或归大荒。确实是"破败死亡相继"，样样扣人心弦。而这些大情节，并非杜撰，而是与原著的"白茫茫大地真干净"（第五回）的预言正相呼应。因此，可以说，鲁迅所说的"颇符"二字，一字千钧。如果用鲁迅的审美眼睛看"红楼",那就应当确认,高氏续书与曹氏原著的大思路相符合。续书中的某些微观俗笔,到底无法否认高鹗宏观上的真墨健笔。

我说高氏续书"大处站得住脚",乃是指它的两个"大处"即两大结局:一是悲剧结局;二是形而上结局。林黛玉泪尽而亡,贾宝玉离家出走,这都是大结局,而且都是悲剧大结局。王国维的《红楼梦评论》对此赞道:"《红楼梦》书,与一切喜剧相反,彻头彻尾之悲剧也。……吾国之文学,以挟乐天之精神故,故往往说诗歌之正义,善人必令其终,而恶人必离其罚。……《红楼梦》则不然……金玉以之合,木石以之离,又岂有蛇蝎之人物、非常之变故,行于其间哉?不过通常之道德、通常之人情、通常之境遇为之而已。由此观之,《红楼梦》者,可谓悲剧中之悲剧也。"王国维这段著名的论断,其立论的根据在哪里?就在后四十回高鹗的续书里。林黛玉之死是谁写出来的?如果不是曹雪芹散失的遗稿,那就是高鹗的手笔。这一小说的"大处"十分精彩又十分深刻。林黛玉之死,不是恶人的结果,而是善人的结果(包括最爱黛玉的贾母与贾宝玉)。贾母与宝玉都在无意之中进入了谋杀黛玉的"共犯结构",都有一份责任。这才是最为深刻的悲剧。另一主角贾宝玉在黛玉去世之后,丧失心灵支柱,心灰意懒,最后离家出走。在中国,"出走"这种行为语言,既是"反叛"，也是"绝望"。这正是最深刻的悲剧行为与悲剧心理。

说高氏续书"大处站得住"，除了它书写了悲剧结局，还书写了形而上结局，即哲学性的"觉悟"结局。续书如何把握贾宝玉的结局，这是决定作品成败的大难点，又是一个关键点。高鹗在此关键点上，把握住前八十回的文心，极为高明又极为妥帖。

续书第一百一十七回，描写贾宝玉丢失了胸中垂挂的玉石，为此薛宝钗与袭人皆慌成一团，拼命寻找，在这个关键性的瞬间，宝玉说了一句石破天惊的话："我已经有了心了，要那玉何用！"这是大彻大悟之语，充分形而上品格之语。这说明，续书守持了《红楼梦》原著的心灵本体论，唯有心灵最重要，其他的都可以不在乎。还有第一百零三回，贾雨村到了江津渡口。此时，已修成道人的甄士隐前来开导他放下功名以求解脱，贾雨村却昏昏欲睡，最终不觉不悟。与贾雨村相反，贾宝玉最终大彻大悟，离家出走了。这种结尾深含哲学意蕴，让人回味无穷。一九八七版电视剧虽很成功（总体构思、演员表演、音乐制作等，皆很成功），但结尾却太形而下（如宝玉入狱，王熙凤破席裹尸在雪地里下葬，刘姥姥体现贫下中农阶级品格而仗义救亲等），让人感到唐突甚至感到如此结局甚有迎合时势之嫌。

我很敬重把自己的一生都献给《红楼梦》研究事业的周汝昌先生，他的成就主要在于考证（尤其是著写了《红楼梦新证》，纠正了胡适关于贾府败落是"坐吃山空""树倒猢狲散"的"自然趋势"说，而实证了贾府家道中衰乃是人为的政治历史原因），考证功夫登峰造极。而对《红楼梦》文学价值的感悟与认知又在胡适与俞平伯之上（他高度评价《红楼梦》的文学水准，最先判断《红楼梦》抵达世界经典水平）。然而，他对程本的高氏续书却过分贬抑，关于这点，我在为他的弟子梁归智教授所作的《周汝昌传》二版序文中，曾坦率地提出商榷。我说：

> 我如此高度评价周汝昌先生研究《红楼梦》的成就，并不等于说，我和周汝昌先生的学术观点完全一致。很可惜，我一直未能赢得一个机会直接向周先生请教，如果有这样的机会，我一定会坦率地告诉他，有三个问题老是让我"牵肠挂肚"，很想和他讨论，也可以说是商榷。第一，关于后四十回即高鹗续作的评价。众所周知，周先生以极其鲜明的态度彻底否定高鹗的续作，认定高氏不仅无功，而且有罪。而我却不这么看，我认为周先生的否定只道破部分真理，也就是高鹗续书确实有许多败

笔，例如让宝玉与贾兰齐赴科场而且中了举，让皇帝赐予"文妙真人"的名号与匾额，这显然与曹雪芹原有的境界差别太大。但是，后四十回毕竟给《红楼梦》一个形而上的结局，即结局于"心"。（当宝钗和袭人还在寻找丢失的通灵玉石时，宝玉声明：我已经有了心了，要那玉何用！）第一百二十回写"急流津觉迷渡口"，贾宝玉早已觉悟而远走高飞，贾雨村却徘徊于江津渡口，虽与甄士隐重逢，并听了甄的"太虚"说法，但还是不觉不悟，昏昏入睡。至此，是佛（觉即佛）是众（迷即众），便见分野了。这种禅式结局乃是哲学境界，难怪牟宗三先生对后四十回要大加赞赏。第二，周先生自己的研究早已超越考证，不知道为什么在定义"红学"时，却把红学限定于考证、探佚、版本等，而把对《红楼梦》文本的鉴赏、审美、批评逐出"红学"的王国之外，这是不是有点像柏拉图把诗人和戏剧家逐出他的"理想国"？第三，周先生发现脂砚斋可能就是史湘云。在"真事隐"的故事中，最后是贾宝玉与史湘云实现"白首双星"的共聚，这很可信，但周先生却由此而独钟湘云，以致觉得《红楼梦》倘若让湘云取代黛玉为第一女主角会更好。这类细节问题，我心藏数个，很想与周先生"争论"一番，可惜山高路远，这种求教的机会恐怕不会有了。想到这里，真是感到遗憾。出国之前，一代红学大师就在附近，我在北京二十七年，竟未能到他那里感受一下他的卓越才华与心灵，这是多大的损失呵。此时，我只能在落基山下向他问候与致敬，并想对他说："周先生，您是幸福的，因为您的整个人生，都紧紧地连着中华民族最伟大的生命与天才。"

四

《红楼梦》研究，在中国当代已成一门公认的显学。钱锺书先生曾提醒过我："显学很容易变成俗学。"我在发表关于《红楼梦》的阅读心得时，也特别警惕勿把《红楼梦》探索庸俗化。

《红楼梦》阅读，像是精神上的奥林匹克运动会，人人都可享受观赏和参与的快乐。谁都承认，《红楼梦》是我国的文学经典，但我多了一层认识，即认定它不是一般的文学经典，而是"经典极品"。

所谓"经典极品"，必须具备三个条件。

第一，它是人类社会精神价值创造最高水准的标志。人类有史以来，有一些天才名字和他的代表作，产生之后便成了我们这个星球地平面上的最高精神水准。如哲学上的柏拉图、亚多士多德、康德、休谟、黑格尔、马克思、笛卡儿等。在文学上，如荷马史诗中的《伊利亚特》、希腊悲剧中的《俄狄浦斯王》、但丁的《神曲》、莎士比亚的《哈姆雷特》、塞万提斯的《堂吉诃德》、歌德的《浮士德》、雨果的《悲惨世界》、托尔斯泰的《战争与和平》、陀思妥耶夫斯基的《卡拉马佐夫兄弟》、卡夫卡的《变形记》《审判》《城堡》等等，而中国唯有一个名字一部作品能够与这些经典极品并驾齐驱。这就是曹雪芹与他的《红楼梦》。基于这一看法，我虽然高度评价胡适、俞平伯先生的考证之功，但对他们二人看低《红楼梦》水平的说法，总是耿耿于怀。胡适竟然认为"《红楼梦》比不上《儒林外史》；在文学技术上，《红楼梦》比不上《海上花列传》，也比不上《老残游记》"。他甚至同意苏雪林教授说"原本《红楼梦》也只是一件未成熟的文艺作品"（1960年11月20日胡适致苏雪林信）。说《红楼梦》是一件未成熟的作品，这是什么话？而俞平伯先生也说："平心看来，《红楼梦》在世界文学中底位置是不很高的。这一类小说，和一切中国底文学——诗、词、曲，在一个平面上。……"（《红楼梦辨》中卷，载《俞平伯说红楼梦》，上海古籍出版社，2000年，第93页）很明显，胡、俞这两位著名红学家，对《红楼梦》的审美判断（文学价值的估量）是完全错误的。

第二，它是超越时代、超越地域的一种伟大存在。它没有时间的边界，也没有空间的边界，是一种与日月星辰相似的永恒精神存在。叙利亚诗人阿多尼斯说：卓越的诗，不是文化，而是存在。文化是被建构或已建构的完成体；存在则是自在自为之体。《红楼梦》作为一种存在，它诞生之后便会一天天生长，一天天扩展自己的内涵与影响。文化有边界，而存在没有边界。它将永远被感知，被阐释，被开掘，即永远说不尽，一千年一万年之后仍然说不尽。西方有说不尽的《哈姆雷特》，东方则有说不尽的《红楼梦》。也就是说，时间对于《红楼梦》没有意义。它完全是一部超时代的、具有永恒性品格的伟大作品。

第三，它经得起各种文学流派、各种文学思潮不同标准的密集检验，又超越各种文学流派、各种文学思潮的评价尺度。说《红楼梦》是伟大的写实主义作品，不错，因为它真实，无论描写人性还是描写人的生存环境都很真实。它扬弃"大仁大恶"那种脸谱化旧套，呈现"善恶并举"与"无善无罪"的活人真相。《红楼梦》一部小说反映的现实生活比同时代的任何历史著作都更为真实，更为丰富。但它又超越写实主义，因为它不仅写了人间的大梦，而且写了太虚幻境、鬼神感应等，这明明又是浪漫主义。不是小浪漫，而是大浪漫，它展示的图景从天上到地上，从三生石畔到大观园。其精神内涵不仅属于中国，而且属于全世界。它是一部超越中国情结的伟大作品，文本中具有中国的民族特色，但其视野则完全超越中华民族。说它是荒诞主义，也对。它除了描述最美的心灵与最美的形象之外，也写了这个世界的荒诞真实。贾赦、贾琏、贾瑞、贾蓉、薛蟠等，全是荒诞的象征。所以我说《红楼梦》不仅是一部伟大的悲剧，而且也是一部伟大的荒诞剧。说它是魔幻主义，也没错。癞头和尚、跛足道人、赤瑕宫神瑛侍者、三生石畔绛珠仙草，哪个不沾玄幻、仙幻、佛幻、警幻？主人公生下来就嘴衔玉石，秦可卿死时与王熙凤相会，林黛玉死后潇湘馆闹鬼等，都带魔幻色彩。当下有学人拔高《金瓶梅》，说《金瓶梅》比《红楼梦》还好，这种论点显然"不妥"。我不否认《金瓶梅》确实是一部写实主义的杰作。它不设道德法庭，写出了人性的真实与生存环境的真实，非常精彩。但如果用其他视角观照，例如用"心灵""想象力"视角或用"形而上"视角，我们就会发现，它缺少《红楼梦》那种形而上品格和巨大的心灵内涵，其"想象力"也无法与《红楼梦》同日而语。《金瓶梅》虽有写实成就，但就整体文学价值而言，还是远逊于《红楼梦》。

五

万念归心，以"我已经有心了"作终结，这是一百二十回本（程高本）最了不起的选择，也是程高本为后人说不尽的原因。有了这"心"，程高本就有了灵魂，也就可以立于不败之地了。

完整形态的《红楼梦》，之所以完整，首先是心灵的完整。我曾说过，心灵、想象力、审美形式乃是文学的三大要素，而心灵为第一要素。《红楼梦》的成就是多方面的，但塑造一颗名为"贾宝玉"的心灵，乃是它的第一成就。我的《贾宝玉论》认为贾宝玉是人类文学史上最纯粹的心灵，它的清澈，如同创世纪第一个早晨的露珠，至真至善至美。这颗心灵不仅没有敌人，也没有坏人，甚至没有"假人"。它没有世俗人通常具有的生命机能，如仇恨机能、报复机能、嫉妒机能、算计机能、排他机能、贪婪机能等等。也就是说，这颗心灵不懂人世间还有《水浒传》的那种凶残之心、嗜杀嗜斗之心，也不知道人世间还有《三国演义》中的那些权术、诡术和心术。他与曹操的"宁负天下人，休教天下人负我"的哲学相反，从不在乎他人对自己"如何如何"，只知道自己该如何对待他人和这个世界。父亲贾政委屈他、冤枉他，把他打得皮破血流，他没有半句怨言和微词。因为父亲如此对待他，这是父亲的事，而他应当如何对待父亲，这是他的做人准则，也是他的精神品格。

2000年我在香港城市大学中国文化中心备课，第一次感悟到贾宝玉心灵时，禁不住内心的激动，真的"拍案而起"了。之所以如此激动，一是为读懂"贾宝玉心灵"本身的精彩内涵，二是为曹雪芹能够塑造出如此光芒万丈的心灵，三是为自己能够有幸地感受到这颗心灵的不同凡响。这有点像王阳明在龙场大彻大悟时的高度亢奋与高度喜悦。王阳明在那一个夜晚终于明白，万物万有中，最重要的是人的心灵。吾心即宇宙，宇宙即吾心，心灵价值无量，心灵决定一切。所以我说，《红楼梦》乃是王阳明之后中国最伟大的心学，不同的只是王阳明的心学是思辨性心学，而《红楼梦》则是意象性心学。如果"心学"二字太学术，那也可以称它为"伟大的心谱"或"伟大的心曲"。抓住贾宝玉的心灵，就抓住《红楼梦》的"神髓"。小说的语言，小说的故事，小说的框架，都仅是《红楼梦》的"形"；唯有贾宝玉的心灵，是《红楼梦》的"神"。《红楼梦》之所以不仅是情爱故事，就因为它还有更重要的内涵，例如写出贾宝玉，这就给人类社会提供了一种至真至善至美的精神存在。贾宝玉当然是情爱角色，说他是情爱主体并没有错，但贾宝玉不仅是情爱主体，他更重要的是心灵主体。这颗心灵，对待世界、对待社会、对待人生、对待他者的态度都是最合情理、最合天地的态度。

都云作者痴，谁解其中味？《红楼梦》之所以韵味无穷，永远读不尽、说不尽，就在于它拥有贾宝玉的心灵之味，人性及神性之味。林黛玉、薛宝钗、史湘云、秦可卿、探春等诸闺阁女子当然可爱，但她们都是环绕贾宝玉心灵运转的星辰，唯有贾宝玉的心灵，是《红楼梦》世界的太阳。曹雪芹对中华民族最伟大的贡献，正是他给这个民族塑造了一颗永葆青春、永葆光明的精神太阳。

高鹗的续书没有给这颗太阳减色。相反，他面对这颗太阳不断向读者提示：有了心，就有了一切。人类胸内的心灵比胸外的宝石重千倍，贵万倍。只要捧着这颗心，贾宝玉出家之后无论走到哪个天涯海角，他都是至纯、至善、至贵之身。庄子在二千三百年前就提出"真人"的人格理想，但他没有描绘出"真人"是什么样。而曹雪芹和高鹗为庄子完成了真人的形象塑造。真人之形，真人之神，真人之心，就是贾宝玉这个样子。文学的事业，是心灵的事业，曹雪芹高举了心灵，高鹗随之高举了心灵。心灵把原著与续书打成一片，连成一部巅峰式的伟大艺术品了。

六

去年冬季，我结束香港科技大学人文学院暨高等研究院的客座课程之后，又应公开大学之邀，做了一次全校性的学术演讲，讲题是《"四大名著"的精神分野》。四大名著是指四部长篇小说《三国演义》《水浒传》《西游记》《红楼梦》。我郑重地说明，笼统地通称"四大名著"，有理由，但也有危险。就艺术水平而言（纯粹文学批评），四部小说都堪称经典（《三国演义》和《水浒传》只是一般经典，不是"经典极品"）；但就精神内涵而言，《水浒传》与《三国演义》乃是坏书，二者皆是中国的地狱之门。而《西游记》与《红楼梦》则是好书，二者皆是中国的天堂之门。为什么？因为前二者与后二者的精神方向根本不同，其精神分野可谓天渊之差、霄壤之别。接着，我从心灵分野、意志分野、境界分野三个方面讲述了四部名著的具体区别。从心灵层面上说，《水浒传》太多凶心即太多砍杀之心，对于主人公李逵、武松的杀人快感，作者的描述也报以快感。《三国演义》则是机心、伪心、权谋之心的大全。全书展示的"三国"逻辑是：谁最会伪装，谁的成功率就最高。而《西游记》《红楼梦》则童心洋溢，佛光普照。《西游记》中的师徒结构，唐僧呈现佛心，孙悟空呈现童心。《红楼梦》童心、佛心双全，主人公贾宝玉的赤子之心，其内涵便是双心并举。童心表现为真心，包括爱情之真、友情之真、亲情之真、世情之真。佛心表现为慈无量心、悲无量心、喜无量心、舍无量心。所以我说，贾宝玉就是准基督、准释迦。释迦牟尼出家之前什么样？大体上是贾宝玉这个样。而贾宝玉出家后会是什么样？大约正是释迦那个样。

心灵分野之外是意志分野。所谓意志，乃是人的内在驱动力，包括行为与心理的驱动力。《三国演义》与《水浒传》的主人公（英雄们）的驱动力，乃是权力意志。不是一般的权力意志，而是最高权力意志，即争夺皇位皇权的欲望。而《西游记》与《红楼梦》的主人公孙悟空与贾宝玉，其行为与心理的驱动力则是自由意志，也就是自由精神本身，也可以说是对自由的向往。不过，孙悟空呈现的是积极自由（著名哲学家以赛亚·柏林把自由区分为积极自由与消极自由），他的大闹龙宫、大闹天宫，乃是积极自由的极致，而走出五指山后的西天取经，则是确认自由并非任性的我行我素，任何自由都包含着某种限定。而贾宝玉的自由意志，乃是消极自由的象征。他不是重在"争取"，而是重在"回避"：回避科举，回避世俗逻辑，回避"立功、立德、立言"等不朽功业的追求。他读诗作诗，沉醉《西厢》，追求情爱，均无功利之思，与其说是"争取自由"，不如说是回避掌控。从世俗的囚牢中走出来，才是贾宝玉的真性情真意志。

最后是境界分野。哲学家把境界分为自然境界（动物境界）、功利境界、道德境界、天地境界。最低者处于动物境界，如同禽兽。最高者处于天地境界，不仅具有人性而且具有神性。贾宝玉始终处于佛性的宇宙境界中，处处慈悲待人。作为天外来客，他把佛教的不二法门贯彻到人世间，所以对人没有贵贱之分、尊卑之分、内外之分、主奴之分、敌我之分。他用天眼看人，晴雯就是晴雯，鸳鸯就是鸳鸯，美就是美，生命就是生命。说她们是"奴婢"，是"丫鬟"，是"下人"，那是世俗世界的概念。这些概念从未进入宝玉的脑中与心中。他拒绝生活在世俗世界的浊水与概念中。所以"出淤泥而不染"，五毒不伤。他爱一切人，理解一切人，宽恕一切人。即使对那个总是想加害他的赵姨娘，他也未曾说过她的一句坏话。即使对贾环那种蓄意用油灯毁灭他眼睛的罪恶行径，他也不予计较。真认定"四海之内皆兄弟"。王国维说，《红楼梦》不同于《桃花扇》，后者是历史，处于历史境界中；而前者则超历史，超时代，处于宇宙境界中。天地境界既高于《三国演义》与《水浒传》的功利境界（一切以"图大业"为转移），也高于包公（包拯）的道德境界。作家不是包公，他们既同情秦香莲，也同情陈世美，面对的只是人性真实与心灵困境。曹雪芹是真作家、大作家，他既悲悯林黛玉，也悲悯薛宝钗。既写出林黛玉的悲剧，也写出薛宝钗的悲剧。因为他立足于天地境界之中，天生一副"博爱"的菩萨心肠和一副"兼美"的天地情怀。

十几年来，我放下其他课题，专注于文学。并在香港科技大学人文学院开设《文学常识二十二讲》和《文学慧悟十八点》的讲座，重新整理自己对文学的认知。在讲述中，我只强调文学的"真实"特性，并且认定，文学的功能只要"见证人性的真实和见证人类生存环境的真实"即可。这一见证功能也是文学创作的唯一出发点。不必选择其他的出发点，包括"谴责""暴露""干预生活""批判社会"等出发点。我说的"真实"，乃是"真际"，而非"实际"。太虚幻境不是"实际"，但它也呈现"真际"。世界异常丰富复杂，人性也异常丰富复杂，作家只能尽可能在贴近真际真实，不可能穷尽真理，也不可能抵达那个所谓"世界本体"的"终极"顶端。作家与哲学家一样，对于世界、社会、人生、人性，只能不断去认知、认知再认知，很难去完成"改造"。即使对于"国民性"，也只能呈现，而不能从根本上去改造。我的一切文学讲述，均以《红楼梦》为参照系。在此参照系之下，什么是文学？如何文学？全都洞若观火。

在《红楼梦》面前，人们常会产生"高山仰止"之感。我除了"如见高山"之外，还觉得"如见星辰"。于是，一打开巨著，总想起康德"天上星辰，地上的道德律"的名句，并悄悄地做了变动，改为"天上星辰，地上的《红楼梦》"。除此之外，我不知道如何表达内心对这部"经典极品"的热爱与敬意了。

乔敏整理，原载《上海文学》，2018年第1期

轻重位置与叙事艺术

与李欧梵的对话

一

刘再复（下称刘）：出国一晃就是三年。在芝加哥大学的两年，和你一起讨论那么多问题，日子真是没有白过。看来出国还是对的。这一年，我在落基山下，和大自然靠得更近，人也轻松得多。博尔德（Boulder）真是个好地方，要是上帝委任我设计天堂，大约可把博尔德作为样本：大学城，松石山，千秋雪，清澄空气，透明阳光，古典氛围，现代设施，组合得非常完美。

李欧梵（下称李）：我在美国这么多年，还没有到这里玩玩，这次特地来看你，也可以进山玩玩。这里是有名的好地方，你真是个福将，能在这个地方立足定居。

刘：你到这里来，我们可以借此难得的机会再讨论一些问题。我在国内时太沉重，工作、写作都太重，好像没有生活，出国后突然有种失重感，觉得太轻，难怪昆德拉离开捷克后会写出《生命中不能承受之轻》。幸而你主持的研究项目和课程，让我们进入文化反思，放入一点重的东西，心理才平衡一些。

李：明天我们到山里去，今天正好可以饮茶说书，谈龙说虎。你刚才说的这个轻与重的交织与选择，就是个好题目，我们就从这里说起。

刘：我在国内时真的感到太重。不仅是表层的重，不仅是工作、写作的重负，而且深层也重，就是心也重。出国后想想，这"心重"是为什么？我想就是使命感、责任感太重，好像全中国全世界的苦恼都集在自己的身上。现实的负荷，历史的负荷，学术的负荷，灵魂的负荷，种种负荷加起来真的是超负荷了。我非常羡慕你，羡慕你在音乐里找到唯一的祖国，羡慕你把全部忠诚都献给艺术。

李：我对中国也关心，也思考，但没有你这种负荷感，更没有使命感。这不光是我的思路近乎"世界主义"，不局限于中国，而且还有一点是我个人对一切重的问题，都想用轻一点的办法去驾驭。除此之外，我还觉得必须把知识分子角色与作家角色分开，把知识分子概念与艺术家概念加以区别。责任感、使命感、为民请命、为历史负责，全是知识分子概念，没有一个是艺术家名词。在西方，从18世纪以来，知识分子与艺术家有时合一，有时分离。但两种角色可以分清。中国比较复杂，古代知识分子称为"士"和"士大夫"，但艺术家是什么？不清楚。勉强地说，从晚明开始，"士"与文人才分开。冯梦龙是文人而不是"士"，他的科举之路走不出来，但在文学上创造出成就。他早期喜欢民歌，后来编"三言"。知识分子与文人有时又混在一起，如李卓吾，他是知识分子，是"士"，老是进行文化批判与社会批判，可是，他评点小说，写散文，是个作家与文学批评家。五四运动知识分子挂帅，又是文学打先锋，运动的主将既是作家又是知识分子。所以我想给艺术家做个小小的界定，觉得艺术家可以为艺术而艺术，不要谈那么多使命感、责任感，尊重他们自己的选择，为艺术而艺术是天经地义的。当然，他们要用艺术影响、批评社会，也是天经地义的，中国现当代作家的历史感、使命感太强，太知识分子化，因此笔法也太重。

刘：我很赞成把两种角色加以区分。作家、艺术家愿意兼做知识分子，当然无可非议，但不能强求，更不能作为价值尺度；作家、艺术家完全有不理会政治甚至不拥抱社会的权利，完全有逍遥的权利。一百多年来，中国作家太知识分子化，有很多原因，其中国家危亡阴影的笼罩是根本原因。在危机面前，像梁启超这样有影响的思想家和启蒙者，给文学的责任大幅度加码，对小说下的定义过重，说没有新小说就没有新国民、新社会、新国家，显然说得太重了，重到小说要担负改造中国、改造社会、扭转历史乾坤的责任。小说哪有这么大的能耐？文学哪有这么大的力量？五四新文化运动，沿袭梁启超的大思路，把文学视为启蒙工具，改造中国的工具，救孩子、救中国的工具，也太重。鲁迅把杂文当作匕首与投枪，本来有它的具体语境，后来我们把它普遍化了，片面强调文学的战斗性和杀伤力量，也加剧了文学的片面"重"化。

李：鲁迅本来就比较重，而大陆的鲁迅研究又强调他的重，加剧他的重。其实，鲁迅固然比较重，固然常常肩负"黑暗的闸门"，但也有轻的一面，尤其是他的小说艺术，可以说基本上是轻的写法。他只写短篇和若干中篇，没有长篇，这一事实本身就比较轻。那年你在北京主持鲁迅学术讨论会，我故意和你捣乱一下，刻意多讲讲鲁迅轻的一面。

刘："文化大革命"时，几乎要把鲁迅描述为救世主，鲁迅的负担实在太重、太可怜了。你在那次学术讨论会上，确实给我们带去一股新风，也可以说带去一股"轻风"。记得那是1986年，我们第一次见面，尽管那时我们已经逐步摆脱神化鲁迅的框架，但多数研究者，包括我，还是只注意鲁迅重的一面。对象已经很重，我们的态度更重，而你是个异数，你发出另一种声音。你不讲鲁迅革命的、战斗的那一面，而讲他喜欢颓废艺术的那一面，非常轻的、非常低调的那一面。记得你当时特别提醒大家注意鲁迅对被我们视为颓废派的比亚兹莱（Audrey Beardsley）的批评和欣赏，还提醒大家注意鲁迅卧室里挂的裸体画《夏蛙与蛇》。陈烟桥的回忆文章里提到鲁迅指着比亚兹莱的画说"你看那画面多么纯净美丽"，这一细节你捕捉到了，而我以前确实忽略了。那次听你演讲和私下听你对鲁迅的阐释，对我真有启发。可以说，从那之后，我开始注意鲁迅轻的一面，特别注意鲁迅在艺术上如何以轻驭重、举重若轻的叙述功夫。

　　李：不错，我想给你召开的那个鲁迅会唱点反调，讲鲁迅非革命、非左翼的一面，把"唯美"与"颓废"这两个名词和鲁迅连在一起。我对鲁迅的态度也有点顽皮，不像国内的研究者那么沉重，把鲁迅太神化、圣化，也太实用、太功利化。

　　刘：这就是你的得天独厚，能有孙行者的顽皮与轻松，孙行者哪怕对待佛祖，也有一番轻松，在至尊手掌上撒把尿，重中有轻，可谓神来之笔。在中国现代作家中，鲁迅总的来说，确实比较重：铁屋子，黑暗的闸门，吃人的筵席，"并非人间"的人间，哪样不沉重？再加上他那"救救孩子"的使命感，热烈拥抱是非的战士情怀，就更重了。

但是，鲁迅的写作艺术，并非全是以重对重。《狂人日记》可以说精神内涵重，笔触也重，但是《阿Q正传》则是内涵重，笔触却很轻。阿Q这个意象负载国民劣根性的全部病态，可说是很重，也可说是悲剧性极深，但鲁迅用的是喜剧性的、叫你笑个没完的笔调，连最后阿Q要被砍头的悲惨细节，也有叫喊"二十年后还是一条好汉"的喜剧氛围。这种以轻驭重、以喜剧笔触驾驭悲剧内涵的本领，止是高明的小说叙事艺术。在俄国，最高明要算契诃夫，在中国现代，那就是鲁迅了。

李：鲁迅的小说叙事艺术意识很强，可说是中国现代文学史上有意识地发展叙事艺术的第一人。他的《孔乙己》也如你所说的"以轻驭重"，在沉重的主题与现实主义的基调下，放入不协调的怪异的喜剧性细节。孔乙己从名字到形体到行为，均可怜又可笑。一篇两三千字的短篇，轻盈地揭露科举制度下失败者的悲惨与沉重，真不简单。我在《铁屋中的呐喊》里曾说，孔乙己很像塞万提斯的堂吉诃德先生或冈察洛夫的奥勃洛莫夫，是喜剧角色，又是悲剧角色。韩南曾说，鲁迅的方法不同于安德烈夫的象征主义，也不同于果戈理、显克维支和夏目漱石的讽刺与反讽，有自己的独创叙事技巧。我在《铁屋中的呐喊》里也做了一些解释。

刘：鲁迅喜欢果戈理，否则就不会花那么大的力量翻译《死魂灵》，他的时间那么宝贵，花这么多时间和精力翻译这部小说，我总觉得可惜。鲁迅的讽刺更近契诃夫，笑后让你落泪，与果戈理的纯讽刺不同。

李：契诃夫的《樱桃园》没有什么故事，只写一点爱情，但它也涵盖历史，写的就是俄国贵族的没落史。契诃夫的戏剧、小说，艺术水平都很高，他的小说总是让你一边流泪，一边笑，永远是悲喜剧。不像40年代的电影《一江春水向东流》，只有重，看了让你眼泪直流。契诃夫小说里有俄国的众生相，其中有很重的相，但他的写法是轻的写法。

刘：前些年我在国内一直鼓吹创作方法的多元。但我并不是反对现实主义方法，只是说，不要把现实主义这种方法单一化和意识形态化。还有一点，就是作家写作时要与现实拉开一点距离，也可说是审美距离吧。你刚才说契诃夫写的是社会现实，但写法是轻的。怎么轻，这里很重要的一点是作家虽写现实，但又要从现实中抽离，超然一点，作家不应直接介入现实是非的裁判，不直接进入谴责与控诉。你在《铁屋中的呐喊》里，提到韩南的鲁迅研究。韩南到北京时，我和他见了两次面，觉得他非常注意鲁迅的叙述艺术，他说鲁迅的小说，常有作者第一人称出现，但很少表现自我。的确如此，鲁迅表现的是社会，不是自我。第一人称只是冷静的旁观者，表面上是"以我观物"，实际上是"以物观物",很冷静,《孔乙己》《阿Q正传》皆如此,作者与笔下人物、事件有距离。这种距离,是避免和社会一起沉重的办法,如果作者自我与笔下的事件、人物没有距离,就太重。丁玲的《太阳照在桑干河上》和张爱玲的《赤地之恋》从相反的政治立场写"土改",但在艺术上都缺少审美距离,都写得太重。鲁迅的小说技巧主要是借鉴外国小说,特别是俄罗斯的小说。中国小说的讽刺喜剧传统不能算是很发达,但《儒林外史》倒是非常成功的一部长篇,它甚至可以视为中国讽刺喜剧传统的真正奠基石。但就我们今天讨论的主题来说,轻重并举、以轻驭重的艺术达到极致的还是《红楼梦》。如果从轻重视角来评论一下《红楼梦》与其他中国长篇小说,倒是很有意思。

李:我觉得中国古代长篇小说有四部经典:《水浒传》《三国演义》《西游记》《红楼梦》。我最不喜欢的是《水浒传》,最喜欢的是《红楼梦》,《三国演义》也喜欢,这部演义是重头戏,人物、事件都重,讲的是帝王将相,描写的是战事,这本身就重,题材重。除此之外,它对历史的重写与反思,也重。如果用卢卡奇的英雄史观评述《三国演义》,最值得研究的人物是诸葛亮。这位大智者,不仅扮演历史故事中的人物,而且又评论自身和其他历史人物与历史事件,也对正史进行反思。他尚未出山就知道未来的天下格局和自己会扮演怎样的角色。刘备三兄弟三顾茅庐，他开始不动声色，以后才指点江山，评说历史动向。这个人物重得不得了，多方面的重，重到没有任何儿女私情。将来如有时间，我想写一篇专论诸葛亮的文章。与《三国演义》相比，《红楼梦》是轻头戏，轻中有重，重中有轻。它的内涵重心，不是历史，而是文化。它把中国文化的精华、中国文化的各个方面都吸收进去，然后构筑他的艺术殿堂。诸葛亮没有儿女私情，贾宝玉却全是儿女私情。

刘：我不喜欢《水浒传》，也不喜欢《三国演义》，倒是喜欢《西游记》，《红楼梦》就更不用说了。我无法接受《水浒传》中那种暴力和使用暴力的大理由，也无法接受《三国演义》中那些层出不穷的权力把戏。《西游记》有天真，却没有权术。但从文学艺术上讲，这四部小说都写得好。《三国演义》的确写得很重。这是历史之重，乱世之重。而《红楼梦》从内容上讲，的确有你说的文化含量，但我觉得它也有很深厚的历史含量，也有历史之重。只是它把"真事隐去"，完全小说艺术化，所以显得轻。《红楼梦》写的是个大悲剧，那么美好的生命，一个一个毁灭，不善于写小说的人，可能会把它写得很沉重，写成谴责小说或伤痕小说，但曹雪芹很了不起，他真的是举重若轻，用那么多美妙的情爱故事，用那么美丽的大观园和诗社、诗国来组合他的诉说和驾驭他的大伤感。尤其了不得的是，他用《好了歌》，用跛足道人高出现实的眼睛来看人间的争名夺利，更是赋予沉重的泥浊世界以荒诞色彩和喜剧氛围，使全书显得轻重错落有致。小说中的薛蟠、贾环、贾瑞、夏金桂等，都是喜剧人物，而贾雨村等则是悲喜剧交错。曹雪芹之前，冯梦龙编"三言"（《警世通言》《喻世明言》《醒世恒言》），仅从书名就知道有训世的意思。这不仅是冯梦龙，中国的许多作家都把自己的作品当作训世的诫言甚至圣人的圣言，都太沉重。"三言二拍"本来是轻的，但加上一些诫语，变成举轻若重，这不是好办法。曹雪芹正相反，这部大著作的方式不是圣人言、诫言的方式，而是石头言、假语村（贾雨村）言、冷子兴言的方式，款款道来，是很平常很轻的方式。

李：你说的"假语村言"，正是虚构。这是真小说。《红楼梦》的主要事件发生在"大观园"，这个设计很重要。艺术应当把小说中的世界与小说外的世界分开。大观园的一草一木都是空中楼阁的倒影，如梦如幻但又是人间，又虚又实，真真假假，极真实又极虚假，为什么呢？因为它是一个中介体。曹雪芹真了不起，他在中国第一个真正把小说看成虚构的文学样式，而且可以虚构得那么真实。以前的小说家总是要说，我写的是真的，是现实与历史的真相，曹雪芹不这么说。他很了不起，他的小说一开始就声明我说的是假的，主人公贾宝玉姓"假"，而甄（真）宝玉是陪衬。《红楼梦》是中国古典小说中最伟大的一部，它创造出一个小说式的真实宇宙，或者说小说式的真实的人世大景观。当代的昆德拉擅长写小村镇，《红楼梦》所创造的是大观园，为什么是大观园而不是一个小村镇？这是很有讲究的。中国画，本来画的是自然的山水，到了宋、明以后，知识分子住在城里，离开了大自然，但又怀念大自然，因而就用人工办法造一个假的大自然。大观园就是一个假的大自然，每个人都住在花园里，而且有意无意地把西方的宗教情景也拉进来，创造了中国自己的亚当与夏娃——年轻、纯真。大观园的营造法，人物角色的配合法，爱情关系的交织法等等，都有诗意，有抒情诗式的，有叙事诗式的。女子的故事，开始是轻的，但结局很重，许多是死亡与失落的沉重。林黛玉的激情我说不出来，可以说她有一种特殊的性格，命运注定是悲伤的。《红楼梦》象征着阴性文化、女性文化，贾宝玉不也是半个女性化的人吗？他注定要在胭脂堆里厮混。中国的阳刚文化给儒家搞坏了，文学中也缺少阳刚气。但阴性文化通过《红楼梦》却表现到极致，也极为精彩。

　　刘：你的这一"阴性文化"概念，我想用"柔性文化"来表述，中国的文化本就是尚柔的文化。老子《道德经》中的"天下之至柔，驰骋天下之至坚"的思想，就是柔性文化最鲜明的表述。尚柔，也可以说尚水，老子说："上善若水，水善利万物而不争，处众人之所恶，故几于道。"水柔和，水不争，水总是处于低处，曹雪芹创造了以少女为象征的净水世界，这一诗化的净水世界，便是曹雪芹的理想世界。《红楼梦》寄托的梦，是净水世界常在的梦，可惜这种梦最后总是归于幻灭。女主人公林黛玉的水，是至柔的泪水，是诗化的净水。她在"伊甸园"时期作为夏娃，"前身绛珠仙草"被亚当（贾宝玉前身神瑛侍者）的甘露所浇灌，下凡之后要还泪，还以诗化的泪水，她的诗也是泪水的结晶品。林黛玉的情爱悲剧，本是很沉重的悲剧，但曹雪芹用至柔的意象来表述，举重若轻，真是天才的大手笔。大陆地区前几十年的《红楼梦》评论太意识形态化，把《红楼梦》说成是四大家族的历史，说成是反封建的教科书，过于夸大其重的一面，完全未看到它的基调是柔性的基调，也完全不了解它的以轻驭重的叙事艺术。

李：你说得很好。《红楼梦》的叙事艺术的确太高明了。我记得你写过《红楼梦》多层面的内外兼有的性格对照，这就涉及叙事艺术。林黛玉与薛宝钗是主要的一对，一个"Pair"。林黛玉会弹琴，宝钗会作画，林黛玉的诗写得好，宝钗的诗也不错，一个任性，一个矜持，二者是不同的美的风格。贾宝玉同时爱着她们两个人，不可能只爱一个，只不过是心灵更与黛玉相通。中国哲学从《易经》开始就讲阴阳交织、阴阳合一。说"钗黛合一"并没有错，只是钗黛也有很大分别。《红楼梦》真是天下奇文奇观，可是以往的红学研究真是太庸俗，太走题了。这么美这么丰富的作品，被解释得极为政治，极为意识形态，竟然把它拉进阶级斗争的框架，把薛宝钗说成是封建卫道者，把林黛玉说成是反封建的急先锋，给王国维、俞平伯扣上"反动唯心论"的帽子，胡批乱扯，简直是对《红楼梦》也是对文学艺术的亵渎。我们应当还以《红楼梦》本来面目，还以它的丰富性和高度艺术性。回到我们今天讨论的主题，我还想说，艺术家对社会、历史和对人的观照与把握，是完全不同于知识分子尤其是不同于政治家的观照与把握的。曹雪芹是个艺术家，《红楼梦》是大文学作品，不要把"反动""进步""封建主义""阶级压迫"等政治语汇强加给这部杰作。

刘：用当代流行的政治大概念来解释《红楼梦》是50年代到70年代的时代病。概念用得愈大愈重，离《红楼梦》就愈远。一旦被大概念阻隔，就无法进入《红楼梦》人物的性情性灵深处，也无法进入《红楼梦》了不得的叙事艺术。就你刚才所说的钗黛配对现象，在小说中就处处可见。袭人与晴雯，探春与迎春，尤二姐与尤三姐，王熙凤与平儿等，每一种性格与命运，都有多重暗示，绝不是简单的政治倾向所能描述与界定的。刘鹗说，文学就是哭泣，只说到文学重的一面。《红楼梦》中就有许多眼泪，许多哭泣，许多悲伤，但是它在叙述中却没有全被眼泪所覆盖，无论是从整体上说还是从局部上说都是如此。从整体上说，悲剧、喜剧交叉交错，从局部描写上更有另一番功夫。例如晴雯临终之前贾宝玉到她家里去探望的那一幕，可以说是悲伤、悲绝到极点，委屈、冤屈、孤独、病痛、奄奄一息、生离死别，那是最沉重的瞬间，是眼泪在心底翻滚的瞬间，然而，就在这样的时刻，曹雪芹特别穿插了一个晴雯的嫂嫂，即放荡的多姑娘来胡闹一通，硬是要调戏一下贾宝玉这个贵族美少年，让宝玉吓得不知所措，这一喜剧性细节，使沉重的叙述中突然出现一种轻盈，泪中见笑，让读者在心情下堕时获得片刻的休息与平衡，但从这一细节中，又深一层地了解，晴雯这个无辜的少女是何等悲惨，即使在自己的家中，也没有安生之处。这种轻重交错、悲喜剧交错的叙事艺术，非大手笔是不能完成的。晚清的谴责小说，都写得太重，只有讽刺鞭挞，没有幽默。《老残游记》是晚清小说中最好的一部，面对苛政与腐败，心中有泪，笔下也有谴责，基调偏于重，但他除了社会之游，还有山水之游、心灵之游。记得你写过一篇文章，说《卡拉马佐夫兄弟》、《童年与社会》(埃里克森)和《老残游记》这三本书，对你的青年时代影响很大，正是他的山水、心灵之游所表达的哲学感吸引了你。你特别欣赏描写申子平登山遇虎，与道家贤士谈心论道的那一段，那是复归自然、万念归淡的超脱境界，是《老残游记》的重中之轻。有这一点轻，就比其他谴责小说多一些文学性与哲学感。

李：不错，我写这一篇叫作《心路历程上的三本书》，后收入《西潮的彼岸》。我的确很喜欢《老残游记》，中学时代就读了，当时就羡慕这位走遍天涯的游侠式的老残。社会黑暗丑恶，但山水中还有心灵可以寄存之处。山下的老虎被社会同化，它是重的；回归山上的老虎，复其本性，与山川归一，又变成轻的。《老残游记》有重有轻，轻重大体相宜，可惜最后部分又落入公案小说式的重中，草草收场，相比之下，《红楼梦》的艺术就很完整。刚才你所说的那种悲喜剧参差，笔法千回百转，轻重变化无穷，真是无人可比。仅仅《红楼梦》的叙事艺术，就可以写出一部很好的研究专著。

刘：不仅一部，可以写出许多部。近代梁启超提倡"新小说"以来，中国作家接受西方的小说观念，可是，多数作家只有"小说观念"，却没有"小说艺术意识"，换种说法，就是忘记小说是门艺术，并非只是讲故事、编排故事。既然是门艺术，就得讲究叙述角度、叙述方式、叙述语言、叙述技巧等。现在西方的小说家艺术意识比较强，他们早已放下全知全能的叙述方法，叙述主体已变得非常多元，谁叙述和如何叙述变得非常重要，所谓"意识流"

不过是新叙述方式的一种。中国文学研究的圈子，其实很大，但还没有充分注意《红楼梦》的多种叙述方式和世所罕见的叙事艺术。你大概注意到了，《红楼梦》一开始就有不同的叙述者，有冷子兴的叙述，有贾雨村的叙述，有石头的叙述，有跛足道人的叙述（《好了歌》也是一种叙述方式）。所有的叙述中，跛足道人的《好了歌》是最轻的，这是游世主义的歌，穿透泥浊世界的歌。人世间血腥的沉重的权力场、名利场、交易场全被这首轻歌、荒诞歌解构了。

李：《好了歌》是佛家思想的歌，也是看透世界的歌。世俗世界看得很重的，它看轻了。《好了歌》又不仅是一首嘲讽诗，它的思想贯穿整部小说。我曾想和余国藩一起开《红楼梦》的课，但后来还是留在现当代文学了。国藩兄特别注意《红楼梦》中的佛家思想。

刘：余国藩先生的研究文章我还没有读到。50年代批判俞平伯先生的时候，就批判他用佛家的"色空"观念解释《红楼梦》。其实，《红楼梦》好就好在"色空"，所谓"色空"，就是把一切都看透了，就是确信世人追求的功名、权力、财富等色相没有实在性。《红楼梦》要是没有这种哲学驾驭着，可能也会变成一般的抒情文学或谴责文学。"色空"哲学使《红楼梦》赢得对泥浊世界的超越，赢得轻重的艺术和谐。最近我看了《红楼梦》电视连续剧，其中有不少漂亮的镜头，但结尾把悲剧落实到形而下的层面，表现现实社会的黑暗与沉重，削弱了《红楼梦》的形而上品格。

李：你在《性格组合论》中不少地方论述了《红楼梦》，以后还应当再写。《红楼梦》真是说不尽。

二

刘：昨天我们从轻与重的视角谈论文学，涉及的对象还是中国比较多，今天我想继续这个话题，不过，我们可以多讲讲西方文学。

李：很好，不过还是你开个头吧。

刘：作家对轻、重的兴趣不同，所以形成不同的艺术风格、不同的艺术类型，我们都应尊重。经典作品无论轻重，我都喜欢，刚日读左拉，柔日读普鲁斯特，不是很好吗？《神曲》（但丁）、《死屋手记》（陀思妥耶夫斯基）重得不得了，连鲁迅都受不了，但我还是乐于走进，并不害怕地狱的沉重；《堂吉诃德》轻得让你笑倒，但我也喜爱；莎士比亚的戏剧，无论是悲剧之重，还是喜剧之轻，我都入迷。从叙事角度说，值得师法的是，即使很重的悲剧其中也有丑角做轻盈的调节。莎士比亚创造了哈姆雷特、奥赛罗、麦克白、李尔王等大悲剧人物，也创造了福斯塔夫这个很轻的大喜剧人物。轻、重的艺术价值都很高。普鲁斯特写琐碎事、家庭事，爱上一个女人，写出一本书，写邻居也写一本书，写一个人喝咖啡，也写了几十页，写他妈妈也写很长。中国读者可能不欣赏，但它确实很有味。我原来是喜欢重的，出国后开始喜欢轻的，乔伊斯的《尤利西斯》《一个青年艺术家的自画像》，纳博科夫的《洛丽塔》，我都喜欢。我感到普鲁斯特写的是自己的历史，他把自我作为中心，写得非常轻，但可以欣赏品味它的情感细节、精神细节。

李：对作家来说，难的是内涵重，笔法却自如，而笔法轻又不会陷入轻浮。所以要不断变换叙述角度、叙述方式。如何以轻驭重，也需要不断探索。在西方，社会写实小说很快走向心理写实小说，福楼拜是一个重要里程碑。福楼拜之后，福克纳把心理问题写得很丰富，强化内（心理）而淡化外（社会），"意识流"就出现了。中国的小说，正如你以前讲的心理资源不足，只知反映现实，这就产生不了乔伊斯、普鲁斯特。今天我们先不讨论心理小说，还是讨论书写历史与社会的作品。这种作品也不是注定重的。这与对历史的认识有关。如果说历史是重的，那么，作家如何去驾驭历史？这一点，米兰·昆德拉的例子可以借鉴。昆德拉的《笑忘录》可能是他几本书中内容最尖锐的一本。另一本对"文革"很有启发的《诗人的一生》，国内翻译成《生命中不能承受之轻》，是哲理性的。昆德拉对于历史的看法，与中国当代学者有很多不同的地方。我写过文章，这里再讲一点，中国是一个历史感最强的民族，由于历史悠久（书写的历史、正史和野史都很多），中国传统上有一种大家公认的说法，即历史就是真实，就是曾有的客观存在，历史代表最后的真实，历史判断是一种最客观的裁判。中国的历史学家从司马迁、司马光到章学诚，都认为历史是完全真实的存在。可是昆德拉不一样，如果中国的看法是重的，他就是轻的。他认为历史总是在开玩笑，不必把它看得那么重，那么真。《笑忘录》里的历史，简直是人和人之间开的一串不大不小的玩笑。捷克有个党员外交部长，他看到总书记要照相没有帽子，便借给他戴，结果被打成反革命。历史就是一顶帽子，就是当权者篡改和定性的荒唐故事。

刘：米兰·昆德拉喜欢嘲弄历史，他站在比历史更高的肩膀上嘲弄历史，他认为历史从来就是不公平的，而且总是在开玩笑，事实上是在强调历史的偶然因素和历史演变中的荒诞因素。对昆德拉来说，历史就是一种解说，一种阐释，是你讲的和我讲的故事，我讲的一套和你讲的一套不一样。有话语权力的人讲的和没有话语权力的人讲的不一样。这和福柯的理论完全相通。昆德拉通过对内战、侵略的观察和思索，得出结论：历史是人生悲喜剧的一部分。这里关键是历史的阐释主体。每个人都可以是阐释主体。统治者对历史的垄断是为了对现实的垄断，包括对话语权力的垄断。他们总是想独占权威阐释主体的地位。在福柯、昆德拉看来，并不存在着一种绝对纯粹、绝对真实的"历史文本"，每一个阐释主体都赋予历史文本以某种意义。作为一个作家，如果不能赋予历史新的意义，就不是一种个性的存在。《红楼梦》通过林黛玉的《五美吟》和薛宝琴的《怀古十绝》重新定义历史：历史不但是男人的历史，而且是女人的历史；不仅是权力中心人的历史，也是边缘人的历史。

李：另一点是昆德拉对男女关系的看法也是一种历史的阐释。一个人对于过去，往往不想记住过去所做的荒唐的傻事。当一个人追忆过去时，往往是不客观的、不可靠的。因此，小说就从这里出来了。一部小说，哪怕是自传体小说，其实是一个人（或作家）对过去的记忆与阐释，这种小说绝对不是客观的，而是非常主观的。个人记忆中的历史是主观意识的一部分，此时自我的一部分。如果我们说国家历史是重的，个人历史是轻的，那么，作家一定是把轻的自我放在第一位。

刘：历史的过程是昨天向今天的伸延，而书写的历史，则是今天向昨天的流动，是此刻生命向后的一种把握。《笑忘录》不是描写在捷克的官方阴影下乡下人要平反的故事，这与中国人总是要求平反、要求得个清白保个面子的思维习惯很不相同。中国人说死"有重于泰山，有轻于鸿毛"，总是把重放在第一位，昆德拉却认为人生最重要的意义在于人本身，在于此时此刻的生活，历史只是为人本身所做的一种注解。他最关心的是爱情，是一个人与另一个人的爱情，是一个男人与一个女人或几个女人的爱情，或是妈妈与儿子的爱情。他从一个极为具体的、极为情感化的立场来解构历史，解构历史的沉重。从这种立场出发，他认为，历史常常在人生的舞台上扮演悲喜剧的角色。不把人视为历史的齿轮与螺丝钉，反而把历史视为人生舞台上的配角与陪衬，这样，人就从历史结构的限制中超越出来，作品中的人物就不是历史模子里印出来的标签。我在《性格组合论》书中曾说，我喜欢托尔斯泰的《安娜·卡列尼娜》超过喜欢《战争与和平》，原因是后者把历史写得太重，人物总是受到历史结构的牵制，而《安娜·卡列尼娜》则没有这种牵制，因此，文学性更强。

李：我觉得昆德拉正把托尔斯泰倒过来。托尔斯泰很复杂，他写《战争与和平》，是一个很大的题目，他描写历史，也描写最细致的感情、最具体的人物，像安德烈、娜塔莎、彼尔。托尔斯泰的文学观既是刺猬又是狐狸，既写重也写轻，但他基本上还是把重的放在第一位，他的伟大只是在重的层次里面把轻的也写得非常细致，重中夹轻；昆德拉是倒过来，他从不写重，即使写重东西也往往避重就轻。《笑忘录》刻意回避捷克的革命，仅用几笔交代了捷克建国、受苏联压迫和苏联进军捷克等。可是他写男女主角之间的爱情，人与人之间的关系，写得非常细致。

刘：我很喜欢《笑忘录》和《生命中不能承受之轻》，

其中的爱情描写，每一次都有独特的情趣。里头有一段写一个捷克老太太在法国的咖啡馆里当侍女，这个老太太是从捷克跑出来，被苏联放逐的，她的爱情很特别。

李：昆德拉把爱情写得很细，最关键的是写一念之差的爱情，历史只是一个陪衬。我认为张贤亮笔下的爱情就沉重有余，而轻盈不足，他如果把轻的写好，就不得了。一个文学家的历史感应与知识分子的历史感区别开来，知识分子的历史感可以很重，但小说家、艺术家则不可太重，不可陷入历史深渊，而应侧重考虑如何在艺术作品中以具体细节和具体人物去映射历史。这是一个问题，现在我还表达不好。

刘：中国现代作家从托尔斯泰那里学到不少写重的，他们的作品中历史负荷很重，如果能从昆德拉这里学到一些写轻的，将是极有益的。作家、艺术家在作为历史的阐释主体时，还是现实主体，只有当他超越历史把自己上升为艺术主体时才能区别于一般的知识分子。昆德拉的作品中还是可以看到历史因素的，但他除了把历史因素化为人的情感因素之外，还有一点是很值得一提的，就是他的作品有一种人类普世命运感，他没有停留在对苏联侵略行为的政治批判与声讨中，而是进入对整个人类生存困境的感受。其主角劳伦斯在离开祖国和国外知识分子的接触中，感到迷失。这种迷失不是因为政治原因，而是因为存在的原因，是意义的失落，是灵魂无法交流沟通、无法产生共振的苦痛。这是普世问题。《生命中不能承受之轻》不是政治谴责小说，其境界高于谴责小说，它是知识分子无以立足，心灵无处存放的精神悲剧。出国之后，我自己有过一段切身的体验，对于失重感，对于无意义感，才有较深的感受。

李："文革"后，大陆的伤痕文学比起以前的戴英雄面具的那些文学，当然好得多，但是都写得太重，控诉、谴责不是没有理由，可是如果重到底，也很容易变成通俗的政治小说。

刘：伤痕小说还没有达到索尔仁尼琴的水平。但我也嫌索尔仁尼琴太重，他揭露了许多当时苏联的黑幕，但从文学价值来说，则不如帕斯捷尔纳克的《日瓦戈医生》。这部小说的基调不是谴责革命，而是思索革命在何处迷失，它带给情爱、家庭、日常生活怎样的困境。不管生活多么艰难，但人性深处的诗意并未被革命的风暴全部卷走，它牵挂的是个体生命，不是政治体制。《日瓦戈医生》中的历史最真实。

李：柏林墙一倒，苏联东欧体系一瓦解，索尔仁尼琴的作品使命似乎也终结了。太重的东西反而没有永久性价值。《日瓦戈医生》与《古拉格群岛》相比，前者虽然也重，但因为其人性与审美的因素较多，轻重的比例就比较和谐。

刘：我们这两天从轻重的位置、比例来讨论文学很有意思。这使我想起意大利的天才小说家卡尔维诺在哈佛大学的那个题为"写给下一个一千年的备忘录"的演讲。他预感到，下一个世纪，下一个一千年，这个世界将愈来愈沉重，愈来愈晦暗，但他似乎又感到，作家与思想者要改造这个世界，要抹掉这沉重与晦暗是不可能的，作家唯一能做的，就是从沉重中抽离，站在边缘的地带对沉重进行观照，以较轻盈的笔触去驾驭和呈现这沉重的世界。我们这两天所讲的中心也正是这个以轻驭重的问题。

李：卡尔维诺的写作智慧是尽量"减重"，尽量削减沉重感，从语言、结构到内容"减重"。

刘：卡尔维诺是个天才。尼采所讲的天才的特征，其中有一个是游戏状态，面对沉重的世界，作家不妨有点游戏状态。游戏不是玩世不恭，不是轻浮，而是心态放松，努力创造活泼的形式，当然，这首先需要在超越现实的更高的审美层面上，用清醒的眼光穿透沉重。

> 1992年夏天
> 于刘再复美国博尔德寓所
> 刘剑梅整理

《红楼梦》是他的祖国与故乡

《亚洲周刊》江迅专访录

千古"红楼"，绝世经典。二十一年前，刘再复离开北京而移居海外，揣着两部心爱之书浪迹天涯，其中一部就是《红楼梦》。刘再复说："德国天才诗人海涅曾把《圣经》比喻成犹太人的'袖珍祖国'，我喜欢这一准确的诗情意象，也把《红楼梦》视为自己的袖珍祖国与袖珍故乡。有这部小说在，我的灵魂永远不会缺少温馨。"

刘再复的"红楼四书"——《红楼梦悟》《共悟红楼》《红楼人三十种解读》《红楼哲学笔记》最近分别在中国香港和内地由三联书店出版，四书共九十万字，写作时间前后历经十五年。他说，"我讲述《红楼梦》，只是为了拯救自己的生命和延续自己的生命"；"我出国以后，感觉特别孤独，一读《红楼梦》，好像有几百个人和我在一起，特别是那些少男少女纯真的生命和我在一起，整个心情真的不同了，走路、睡觉、吃饭的感觉也不同了。不读《红楼梦》，呼吸就不畅快，思绪就不踏实。我不讲述《红楼梦》，生命就没劲，生活就没趣，心思就会不安宁，讲述完全是为了确认自己，救援自己，是生命需求，心灵需求，在国外，我内心有一种窒息感，我知道别人帮不了我，只能自救，当然也要靠书本救赎，给我最大救援的是禅宗和《红楼梦》，两者思想相通。"

刘再复从美国重临香港三月有余。在香港，他展开一系列演讲。3月31日他在岭南大学做"美国同行朋友们的长与短"演讲。3月23日，他在香港城市大学做了"李泽厚与中国古代美学"的演讲，在这一中国文化客座教授讲座系列中，他已于3月9日、19日分别演讲"《红楼梦》与西方哲学""'双典'中的女性物化现象"。

刘再复此行香港，先是受岭南大学香港赛马会"杰出当代文学客座教授"项目邀请，与中文系主任许子东教授及德国学者顾彬教授合开"中国当代文学史"课，于2月25日做了"文学艺术中的天才现象"的全校性演讲。这之前的1月30日，（香港）三联书店举办刘再复的"《红楼梦》与西方哲学"演讲。

刘再复的课程，主要讲述他新书的内容。最近出版了"红楼四书"之外，他还出版了《李泽厚美学概论》，他的

《双典批判》(对《水浒传》《三国演义》价值观的批判)也已完成。5月，他会去福建走走。6月初，他将前往大连、成都等处。之前具有指标意义的是，两年前，6月3日他去了北京。去国十九年后，终于首度重返北京。当下，中国内地许多大学都邀请他前去讲学，希望他讲《红楼梦》。

《红楼梦》热在中国内地依然延烧。3月，刘心武的《红楼梦八十回后真故事》(江苏人民出版社)出版，这是继《刘心武揭秘〈红楼梦〉》系列作品之后，推出的又一部红楼探佚新著。仍在3月，刘心武再度登上中央电视台《百家讲坛》，秉承"文本细读"的理念，以十五讲篇幅，将八十回后真故事及红楼中人的跌宕命运呈现于观众面前。在讲座文案的基础上，扩展修订《红楼梦八十回后真故事》。对《红楼梦》一系列谜题背后的真故事，刘心武娓娓道来，再攀央视收视率高峰。

刘再复说："康德所定义的美是超功利的'无目的的合目的性'。我写'红楼四书'，也没有现实的功利目的，没有任何功名之需、市场之需，但又合目的性，即合人类的生存、发展、延续的总目的，也合个人提高生命质量、灵魂质量的总目的。王国维说，美是无用之用。我写作'红楼四书'也是无用之用。"3月，他在香港接受了《亚洲周刊》访问。

问：怎么理解你说的《红楼梦》涵盖中国三大文

化——儒、道、释的内涵？

答：曹雪芹对儒、道、释涵盖的不是表层内涵，而是深层内涵。他扬弃表层内涵。李泽厚先生把儒家分成表层内涵和深层内涵，这非常重要。表层内涵是典章制度、伦理纲常、意识形态那套东西。但儒家还有深层的内涵，如孝敬父母、重亲情、以情为本体、乐感文化等。道家的表层内涵是术，炼丹术、画符咒那一套，深层的是庄子、老子的思想，很深刻。大乘佛教的禅宗也有表层内涵，外三宝即佛、法（经典）、僧，属于表层内容，禅宗把它改成内三宝即觉、正、净，这是深层内容。慧能很了不起，把佛事三宝变为自性三宝，把外在的求佛求法，变成内在的自觉与彻悟，不用烧香拜佛，心诚就行，把三宝统一成心诚，统一于心灵。《红楼梦》对君君臣臣父父子子，对"文死谏、武死战"这套愚忠秩序，对科举制度很反感，深恶痛绝。在这个层面上，说贾宝玉以至说《红楼梦》反儒，这是对的。但是，笼统地说《红楼梦》是反封建、反儒家整体则不准确。儒对人际温馨、日常情感、世事沧桑的注重以及赋予人和宇宙以巨大情感色彩的文化精神，明显地进入贾宝玉的日常生活和伦理态度中。

问：能不能以贾宝玉做个例证，再讲详细一点？

答：这个嘲讽儒家立功立德的"逆子"贾宝玉，却是个"孝子"，他对父母十分敬重。在他身上，有深厚的血缘伦理，不仅有父子、母子亲情，而且有深厚的兄弟姐妹亲情。他被父亲打得皮破血流，竟没有一句怨言，挨打后照样敬重父亲。他出门去舅父家，几个仆人前呼后拥出府，即将路过贾政书房，当时贾政不在家，但宝玉坚持要下马。仆人说老爷不在，可不用下马。宝玉笑答，门虽锁着，也要下马的。他很孝顺，说明儒家的日常生活的行为模式和情感取向，进入他的深层心理。贾宝玉对待其他亲者与兄弟姐妹的态度，包括薛蟠这个呆霸王，也是充满亲情，甚至对仇视他的赵姨娘，他也从未说过她一句坏话。贾宝玉既是"情不情"，又是十足的"亲亲"。儒的"亲亲"哲学和以情感为本体的伦理态度进入他的生命深处。《红楼梦》把道家的道与术分开。对于"术"，它嘲讽得很厉害，贾敬吞丹砂而死，连术也不行。但贾宝玉却充满庄子精神，充满大逍遥、大浪漫、大自在精神。庄子的《齐物论》使中国的平等思想在两千多年前就已占领了世界精神的制高点，与禅的不二法门相通。

问：你说《红楼梦》除了可作为人类精神水准的坐标，还可以作为中国作家师法的最高文学坐标，为什么？

答：中国作家应当面对《红楼梦》这一文学巅峰，以它为参照系看文学，也看自己。中国当代作家至少有两点与曹雪芹距离很远：一是学养；二是灵魂。曹雪芹的中国文化素养那么深厚，文学素养那么广博全面，真令人惊叹。

在小说文本中，文学的各种形式：诗、词、赋、诔、画、曲、咏叹调，无一不精通，无一不精彩。对儒学、庄学、佛学的理解与认识，更是他人难以企及。1949年后成为主流的我国当代作家，多半出身战地记者，战事紧张，学养准备不足，上半世纪留下的作家，学养好一些，偏偏又在政治压力下自我否定，学养用不上。80年代出现的新作家，倒是急于学习，但多数是急于追逐西方各种主义与潮流，学养仍然不足。还有一个灵魂问题，浸透在《红楼梦》中的大慈悲精神，打破一切等级尊卑观念的大慈悲精神便是灵魂。还有充满全书的反俗气、反泥浊的蔑视功名、财富、权力的高尚精神，也是灵魂。当代作家缺少这种大灵魂。

问：你读《红楼梦》的方法，是以悟证来替代考证、实证，怎么理解？

答：我阅读《红楼梦》不是用头脑阅读，而是用生命阅读。用头脑阅读，是知性认识，是逻辑推理。用生命阅读，则要放下概念，明心见性，抵达心灵深处，《红楼梦》本身是一部悟书，充满悟性佛性，我们只能用悟对悟，有些东西是无法考证、无法实证的。人类世界有两种真理，一是实在性真理，一是启迪性真理，后者只能去直觉、去感悟。比如《红楼梦》说的"意淫"，内涵极为丰富复杂，你怎么实证，怎么论证？但可以悟证。

搜索《红楼梦》的精神天空

《亚洲周刊》江迅专访录

　　旅美学者刘再复的《红楼梦悟》由三联书店（香港）有限公司在2006年2月下旬推出。大陆版也将由北京三联出版。刘再复认为，中国文化最大的宝藏就在《红楼梦》里，他是用生命、用心灵阅读《红楼梦》的，有如甄宝玉与贾宝玉相逢，欣慰的是不会像甄宝玉那样见到贾宝玉时只会发一通"酸论"（相逢不相识），而是充满与本真己我重逢的大喜悦。他说，英国人对莎士比亚的崇拜永远不会减退，莎士比亚是英国人的精神天空，曹雪芹终有一天会成为中国人的精神天空。

　　2006年2月25日，在《明报月刊》创刊四十周年专题讲座上，刘再复做了"再论'第三话语空间'"的演讲；28日，由三联书店（香港）有限公司主办的讲座上，刘再复做了题为"《红楼梦》与中国哲学"的演讲。在刘再复眼中，《红楼梦》是人类世界精神高度的坐标，就像《荷马史诗》、但丁的《神曲》、莎士比亚的《哈姆雷特》、歌德的《浮士德》、托尔斯泰的《战争与和平》等，中国就只有《红楼梦》可标志人类的最高精神水准；《红楼梦》与中国人的关系，就像莎士比亚与英国人的关系，"宁可失去印度，也不能失去莎士比亚"，经刘再复考证，此话是《英雄与英雄崇拜》的作者卡莱尔所言。他说："中国文学乃至文化最大的宝藏就在《红楼梦》中，这里不仅有最丰富的人性宝藏、艺术宝藏，还有最丰富的思想宝藏、哲学宝藏。我读《红楼梦》，不为考证和研究，完全是出于内心生命的一种需求。"

刘再复说，他阅读《红楼梦》，大约经历了四个阶段：大观园外阅读，知其大概；生命进入大观园，面对女儿国，知其精髓；大观园（包括女儿国与贾宝玉）反过来进入他自身生命，得其性灵；走出大观园审视，得其境界。他最早读《红楼梦》是在上大学时，当时只是"用头脑阅读"。二十年前，他撰写的《性格组合论》一书中，就有专门一章论述《红楼梦》，也是知性阅读；十年前在海外出版的《漂流手记》第四卷《独语天涯》，有专门一章诉说《红楼梦》，他说，这才是"用生命阅读"，"用心灵阅读"。

刘再复说："这是新的生命感受，是我第二人生的开始。我放下很多东西，不断回复到生命的本真状态，对我而言，主要是禅宗和《红楼梦》的启迪。这两样是一致的，没有禅宗就没有《红楼梦》。禅宗讲的是自性本体论，推动你开掘生命的赤子状态。《红楼梦》受佛学影响极深，由色入空，把一切都看破，然而，看破了还得活。那么，该怎么活？该如何诗意地生活在大地之上？这才是《红楼梦》的哲学问题，《红楼梦》整部小说告诉我们：要诗意地活着，就得走出争名夺利的泥浊世界，保持生命的本真状态。"

他认为，两百多年来，《红楼梦》的阅读与探讨主要有两种形态：论与辨。现在他尝试第三种形态：悟。"辨"是指考证、探佚、版本辨析等；"论"是分析的、逻辑的；"悟"是直观的、联想的。"论"无法表达心灵上最高的感受。要用悟的方式阅读，也就是禅宗的方式，"这是明心见性、道破文眼，以生命穿透书本的方式。禅性是超世俗、超功利的一种审美性，也是一种阅读态度"。

他坦言，用禅性阅读，有两个原因。首先，《红楼梦》本身就是一部悟书，一部切入心灵的大彻大悟的书，可以说它是中国乃至世界悟性最高的一部书，因此必须以悟读悟；悟主要在大家熟知的文本里，读出蕴藏其中的情感之核、心灵之核。就像中医点穴，要点到要害。他说他比较少读别人的研究著作，而是从文本里读出新的东西，因此，用头脑阅读的方法和用生命阅读的方法不同，后者是完全出于心灵的需求、内心的需求，阅读时总是与书中人物发生"灵魂共振"。但是他不否认"论"和"辨"所取得的成就。

当下的中国大陆地区，新一波"红学热"掀起大潮，是三十多年来所未见的。据悉，在过去的一年，"红楼书"一下子出版了五十七种，张爱玲、王蒙、李国文、周汝昌等人的"红楼书"热销不断，网上更是热闹。这新一波红学狂欢，被认为主要是由北京作家刘心武所引发的。

自认为"红学票友"的北京作家刘心武，在中央电视台《百家讲坛》开讲座后，红学界对他的非议就不曾断过。刘心武研究《红楼梦》的主要观点是，解读《红楼梦》应从秦可卿入手，并将自己的研究称为"秦学"。刘心武认为，秦可卿的生活原型，就是康熙朝两立两废的太子胤礽的女儿，主流红学家群起而攻之，汇成一股反诘之潮。他们认为刘心武的观点"想当然"和"生造"，为了轰动效应而不顾学术规范。中国艺术研究院《文艺理论与批评》杂志社社长吴祚来批评刘心武走胡适的老路，在小说中寻找历史，把红学研究异化成探佚学、释梦学或猎奇猎艳学。中国《红楼梦》学会副会长蔡义江认为，"秦学"立论的重要支柱尚且没有根据，其他那些证据和理由，更全是牵强附会、捕风捉影。蔡强调，《红楼梦》不是谜，它无秘可揭，无谜可猜。

面对批评，刘心武说自己欢迎批评，但既然大家是讨论，就应该完全平等地对话。中国《红楼梦》学会副会长胡文彬说："你在家怎么猜谜都可以，写出著作也可以，问题是你不能把猜的结果拿到中央电视台上宣传。"刘心武则说："中央电视台邀请我，我作为公民，怎么就不能应邀去录节目呢？我可以接受邀请，去讲我个人研究《红楼梦》的观点，这是我绝不能放弃的公民权利。"刘心武认为，红学应该是一个公众共享的学术空间，要打破机构和权威的垄断，允许"外行人"说话。他觉得自己的研究为平民红学研究群体出了一口闷气。

在一片质疑和不屑声中，《画梁春尽落香尘——解读〈红楼梦〉》(中国广播电视出版社)一书风头甚劲。根据刘心武的讲稿整理出版的《刘心武揭秘〈红楼梦〉》(东方出版社)第一、第二部，更是越卖越火。读者、观众和网友也自然而然分作两派，不过，民众特别是网民却是支持刘心武的居多。北京作家、学者王蒙认为，红学研究向来是个见仁见智的话题，某一家、某一学派的研究只要自圆其说即可。红学研究是一个相当复杂的课题，历来有史学研究、图书版本研究、民俗学研究、文化学研究、意识形态研究等多种分类。就目前的"红学热"，《亚洲周刊》走访了刚刚从台湾访问归来抵达香港的刘再复。以下为访谈摘要：

问：你认为时下的这一波"红学热"是泡沫吗？

答：绝对不是泡沫。英国人对莎士比亚的崇拜永远不会减退。莎士比亚是英国人精神的天空，曹雪芹终有一天会成为中国人精神的天空。

刘心武说得好，《红楼梦》是人们共享的精神空间。我现在谈的《红楼梦》哲学，且不说与易、老、庄、禅的关系，就说与儒家的关系，绝不是"反儒""反封建"可以概说的，其态度有多重层面，要不断开掘，我们现在的开掘才刚刚开始。

问：如何评价刘心武的研究？

答：刘心武像是周汝昌先生的弟子，走的是考证的路。周汝昌的考证很有成就，但他近来认为《红楼梦》的主人公最好是由甄宝玉与史湘云来当，实在难以让人认同。刘心武有一个极大的优点，就是对小说文本的细读，像迎春独自在花荫下拿着花针穿茉莉花，历来不被人注意，但刘心武发现这是一个弱小的生命于时空的瞬间中显现出来的全部尊严，对我很有启发。有人说刘心武是新索隐派，我不赞成。刘心武侧重于文学和历史的联结，重心与落脚点在文学。他研究的是文学原型，也就是曹雪芹如何把历史上存在过的生活原型转化为艺术形象。《红楼梦》是一部自叙性小说，其艺术形象与作者亲自见过交往过的生活原型关系极深。《红楼梦》作为伟大的艺术工程，有一个从实到虚的创造过程。因此，研究这个转化过程很有意义。以前我曾纳闷，秦可卿这么个人物只出现那么点场景，怎么那么重要，死时那么隆重，经心武的考证，才明白原来是个公主、废太子的女儿。你可以不信，但他自圆其说。

问：你如何看待那么多学者和专家对刘心武的批判？

答：如此批判刘心武是没有道理的，《红楼梦》是非常丰富的世界，研究也应该是多元的、丰富的。可以不赞成某人的研究结论，但不能不让人做各种尝试。20世纪五六十年代，中国有过严重的教训，比如围剿、打击俞平伯先生，把他的考证界定为资产阶级唯心论，结果还得为他平反。我们不要重复历史的错误，我在台湾"中央大学"时，文学院的《红楼梦》研究所所长康来新教授说，刘心武的研究"可爱而不可信，但是可贵"。我赞同"可贵"的说法，至于可不可信，那应当由读者判断。英国出现莎士比亚狂欢是好事，中国出现《红楼梦》狂欢也是好事，如果出现"《三国》狂欢""《水浒》狂欢"，那就麻烦了。从价值观来看，《三国演义》是中国人权谋、心机、权术、阴谋的大全，大家以此狂欢，那可怎么办？《红楼梦》则集中了中国人的优秀人性。《红楼梦》热不要怕，是好事情。

让"红学"回归文学与哲学

在香港三联书店"红楼四书"发布会上的讲话

到海外，无论是写作《漂流手记》十卷，还是写作"红楼四书"（《红楼梦悟》《共悟红楼》《红楼人三十种解读》《红楼哲学笔记》），首先确实是生命的需要：不讲述就不畅快，就没有明天。这之外的第二目的是想说明：中国有一部名为《红楼梦》的伟大小说，是人类精神水平、审美水平的坐标，它与荷马史诗、希腊悲剧、但丁《神曲》、莎士比亚《哈姆雷特》、歌德《浮士德》、托尔斯泰《战争与和平》、陀思妥耶夫斯基《卡拉马佐夫兄弟》等经典极品一样，可以标志人类文学的最高水平。为了说明这一点，必须紧紧抓住并细读《红楼梦》文本，阐释其精神内涵与审美形式，把《红楼梦》研究从考古学、历史学、政治意识形态学那里拉回到文学，此项工作可称作"文学归位"。此外，在精神价值领域中，我一直觉得文学体现广度，历史学体现深度，而哲学则体现高度。因此，我又进入哲学，在哲学的制高点上观照《红楼梦》，以更好地把握《红楼梦》的精神内涵。以往虽然也有学者触及《红楼梦》的某些哲学内容，但还未能从哲学高度上把握《红楼梦》的精神整体与精神之核。因为具有哲学视角，我便发现《红楼梦》是一部伟大的意象性心学，与王阳明的心学相通相似，但王的心学是论述性心学，而《红楼梦》则是形象性心学，形态完全不同。王阳明是哲学家的哲学，曹雪芹是艺术家的哲学。后者是类似盐化入水中而化入小说中的哲学。

为了把《红楼梦》研究的重心从考古学、历史学和政治意识形态学拉回文学与哲学，我借助禅宗，打破了"法执"，即打破研究方法上的已有格式，用悟证取代考证、实证与论证，淡化逻辑"法门"，强化直觉、直观的方式，用庄子（直觉）代替惠施（逻辑）。这样，在方法上首先赢得了一种解放，避免陷入封闭的概念系统中。在"红楼四书"中，我写了类似我国诗话、词话的六百则"悟语"（《红楼梦悟》有三百则，《红楼哲学笔记》也有三百则）。这些悟语，明心见性，没有思辨过程，但力求击中要害，也力求每则都有文眼文心，不落入空谈。写作"悟语"

时，我常常处于"至乐"状态。"至乐"是庄子使用的概念，这是形而上快乐——抵达某种精神高度或深度之后的快乐，不是世俗之乐。这种快乐类似佛教所说的"佛喜"。佛喜、道喜、形而上感悟之喜，都是有所发现的快乐。有了"至乐"，生命状态就大不相同，连吃饭睡觉走路，感觉也不同。

去年，国内《书屋》杂志发表了朱爱君博士（美国新新大学助理教授）对我的访谈录。其中有一段关于《红楼梦》的答问，香港和海外的读者可能还没有读到，我抄录一段，以呼应上边的讲述。

问：你能否概述一下你的《红楼梦》研究在原来红学的基础上有哪些新的拓展，或者说，有哪些新的发现与新的方法、新的视角？

答：这个问题本应留待读者去评论。我只能说我自觉想做的（也许以前的研究者尚未充分做或尚未充分发现的）几点:（1）想用"悟证"的方法区别前人的"考证"方法与"论证"方法。我不否认前人的方法与成就，只是自己不喜欢重复前人的方法，不喜欢走别人走过的路。禅宗与《红楼梦》对我最大的启迪，是要破一切"执"，放下一切旧套，包括方法论上的"执"与"套"。何况《红楼梦》本身就是一部悟书，连曹雪芹自己也说有些情思只能"心会"，不可"口传"，只能"神通"，不可"语达"。这是第五回在解释"意淫"时说的。除了意淫，《红楼梦》中的许多深邃情思都难以实证、考证、论证。真理有实在性真理，也有启迪性真理。各大宗教讲的都是启迪性真理，不可证明，也不可证伪。许多大哲学家，都把世界的第一义视为不可知、不可证，如康德的"物自体"，黑格尔的"绝对精神"，老子的"道"，庄子的"无无"，朱熹的"太极"等，都只是形而上的假设，很难考证与实证，文学中的深层意识（潜意识）、心理活动、想象活动、梦幻印象、神秘体验等也都难以实证。《红楼梦》中这类描写很多，通过悟证，往往可以抵达考证与论证无法抵达的深处。（2）揭示《红楼梦》不仅是大悲剧，而且是一部大荒诞剧，它不仅呈现美的毁灭，而且呈现丑的荒诞。荒诞是与现实主义、浪漫主义等概念同一级的文学艺术大范畴，不是讽刺、幽默等一类的艺术手法。20世纪的西方文学，其主流之一是荒诞小说与荒诞戏剧。荒诞作家有两大类：一类是侧重于表现现实的荒诞属性（如加缪、阎连科）；另一类是用理性哲学对反理性现象的思辨（如贝克特）。荒诞对于曹雪芹，不是艺术理念，而是现实属性。他天才地揭示了社会现实中那些不可理喻的价值颠倒、本末颠倒。（3）提示《红楼梦》这部文学大书所具有的极其丰富的哲学内涵，这不是哲学理念，而是浸透于文本中的哲学视角、哲学思索和美学观念，尤其是大观哲学视角与通观美学。（4）说明《红楼梦》系中国文学第一正典（经典极品）和它作为人类文学最高水平坐标之一的理由，如永恒性、史诗性、宇宙性等理由，进一步确立《红楼梦》在世界文学史上的崇高地位。

此文我还希望告诉朋友们的是，在哲学上，我做了关于"心灵本体""灵魂悖论""大观视角""中道智慧""澄明境界"等一些特别的讲述。下边且举两例。

关于"灵魂悖论"。通过哲学阐释，我的"红楼四书"扬弃了关于钗黛"褒此抑彼""你是我非""你死我活"的思维模式，更是否定把两者的紧张视为"封建与反封建"的政治解说，而认定林黛玉与薛宝钗乃是《红楼梦》

作者灵魂的悖论。林黛玉（包括贾宝玉）负载的是中国文化中"重个体、重自然、重自由"的一脉内容；薛宝钗（也包括贾政）负载的是中国文化中"重秩序、重伦理、重教化"的另一脉内容（这也可以说庄禅与孔孟两脉的对立）。两者都是曹雪芹灵魂的一角，都符合充分理由律。

关于"中道"智慧：《红楼梦》体现了大乘佛教最高的智慧，即中道智慧。"假作真时真亦假，无为有处有还无"，这种超越真假、超越有无的哲学便是中道哲学。《红楼梦》一开始就让贾雨村谈论三种人性："大仁""大恶"与超越这两极的"中性人"。《红楼梦》主人公贾宝玉乃是中道智慧的体现者，他爱林黛玉，也爱薛宝钗（超越意识形态）；他爱秦可卿，也爱秦钟（超越性别）；他爱晴雯，也爱王夫人（超越等级）。大乘的"中道"，在境界上比儒的"中庸"更高。中庸带有"实用理性"，更现实一些，它作为一种调节人际关系的有效理念，导致和谐，但也因此牺牲了一些原则，包括牺牲某些"正义"。而中道则不考虑世俗的利益，它超越世俗的正反标准和道德法庭，在更高的精神层面上观照人间的矛盾与冲突，对一切人、一切纷争均投以悲悯的眼光。《红楼梦》因为以中道哲学为基石，所以它写好人不是绝对好，写坏人也不是绝对坏。正因为如此，我才说《红楼梦》是一部无是无非、无真无假、无善无恶的艺术大自在，它高于功利境界，也高于道德境界，是一种可以替代宗教的审美境界。

《红楼梦》的哲学兼容儒、道、释三家哲学，尤其是庄禅哲学，但它又不是这些哲学概念的形象转达，更不是哲学说教。它的了不起，既在于具有深厚博大的哲学内涵而无哲学相，又在于它能扬弃儒、道、释的表层功夫而吸取其深层内涵的精华。它表面上"毁僧谤佛"，把"女儿"二字放在元始天尊与阿弥陀佛之上，但在深层上，却佛光普照，让《红楼梦》全书浸满大慈悲精神。它嘲弄贾敬所体现的道教炼丹术，却充分肯定庄子的大逍遥与大浪漫。它在表层上憎恶儒的"文死谏""武死战"等愚忠愚行和以儒为主题的八股文章，但在深层上却洋溢着亲情，连"逆子"贾宝玉也不失为"孝子"，对父亲的鞭笞毫无怨言，离家出走时还从空中向父亲深深鞠躬。因为有自己独特的视角（大观视角）、独特智慧（中道智慧）、独特选择（深层选择），所以《红楼梦》才成为独一无二的哲学存在。庄子以散文形态表述哲学，曹雪芹以小说形态表述哲学，但历来的中国哲学史只讲庄子，不讲曹雪芹，在哲学史册上，《红楼梦》是缺席的。我想通过对《红楼梦》的讲述强化对其文学价值的认识，也想以此为《红楼梦》在哲学史上争一崇高地位。

正如"说不尽的莎士比亚"，我们也可以认定中国有一个"说不尽的曹雪芹"。《红楼梦》作为伟大的文学作品，经得起从各种角度进行密集检验，无论从心灵视角、想象力视角、审美形式视角，还是从哲学视角、历史视角、心理视角，我们都可以在《红楼梦》中开掘出极其丰富的内涵。对于《红楼梦》，可以有一百种读法，一千种读法，我的生命读法、哲学读法、悟证读法只是其中一两种而已。我相信《红楼梦》在一百年，甚至一千年后还可以讲述出新的语言，开掘出新的宝藏。

2010年2月

香港岭南大学

图书在版编目（CIP）数据

贾宝玉论 / 刘再复著. —上海：上海三联书店，2021.4
ISBN 978-7-5426-6930-8

Ⅰ.①贾… Ⅱ.①刘… Ⅲ.①《红楼梦》人物—人物研究 Ⅳ.①I207.411

中国版本图书馆CIP数据核字（2019）第286393号

贾宝玉论

著　者 / 刘再复

责任编辑 / 朱静蔚
特约编辑 / 李志卿　项　玮
装帧设计 / 微言视觉 ┃ 苗庆东　周逸凡
监　制 / 姚　军
责任校对 / 项　玮

出版发行 / 上海三联书店
　　　（200030）中国上海市徐汇区漕溪北路331号中金国际广场A座6楼
邮购电话 / 021-22895540
印　刷 / 河北鹏润印刷有限公司

版　次 / 2021年4月第1版
印　次 / 2021年4月第1次印刷
开　本 / 787×1092　1/32
字　数 / 97千字
印　张 / 5.5
书　号 / ISBN 978-7-5426-6930-8 / Ⅰ·1586
定　价 / 48.00元

敬启读者，如发现本书有印装质量问题，请与印刷厂联系010-60278722。